C'EST ICI QUE TOUT COMMENCE

Il faut lire les cases dans l'ordre des chiffres indiqués et, à l'intérieur de chaque case, suivre l'ordre alphabétique. Bonne lecture.

Lady and Butler

VOLUME 2

REI IZAWA

D'après une idée de FUYU TSUYAMA

* MOT À MOT : HIRONDELLE NOIRE.

Lady and Butler

★ L'histoire ★

Rappel

À l'académie Sôseikan où est inscrite Ryô, il y a deux cursus différents : la classe L (pour les "Lords" et les "Ladies") et la classe B (pour "Butler", autrement dit, la classe des majordomes). Les classes B sont exclusivement composées de garçons et il n'y a qu'une seule classe B par année scolaire. Elle accueille l'élite des élèves, selon un principe de mérite. Un élève de la classe B peut être lié à un élève de la classe L, durant le temps de la scolarité, s'il a passé avec lui un contrat de majordome attitré... ♥

KAORUKO AWAMIYA

En 1re année de classe L avec Ryô dont elle est l'amie. Elle connaît tout, dans le moindre détail, des us et coutumes des majordomes...

HAYATO KANUKA

En 2e année de classe B.
C'est le rival de Iori puisqu'il est lui aussi au service de Hakuô.
Il est plutôt simple mais fougueux.

IORI DÔKE

En 2e année de classe B.
Il est au service de Hakuô depuis sa prime jeunesse et ne vit que pour lui.
Il est cool et sombre à la fois.

Résumé

Ryô a perdu ses parents et a été recueillie par ses grands-parents. Ils l'ont envoyée faire ses études dans la très sélecte académie Sôseikan. Dès son arrivée, elle se lie d'amitié avec Hakuô Kanzawa, le fils d'une richissime famille, qui a intégré volontairement la classe des majordomes pour montrer ses capacités réelles sans avoir recours aux privilèges dont il aurait pu bénéficier. Pour aider Ryô, engagée dans un défi stupide avec une autre élève, il s'engage à devenir son majordome attitré. Peu habituée à être traitée comme une princesse, Ryô comprend qu'elle n'a pas le choix et qu'elle doit suivre les directives de Hakuô pour devenir une "lady". Préparation d'un examen de remise à niveau, leçons de valse... Que lui réserve la suite de cet apprentissage difficile ?

SOMMAIRE

CHAPITRE 5
Lady and Butler

AAH...
LES CERISIERS BOURGEON-NENT !
QUAND ILS SERONT EN FLEUR, CE SERAIT SYMPA D'ALLER PIQUE-NIQUER SOUS LES ARBRES !
HÉ, HIMURA...
C'EST À TOI DE JOUER...
AH...
OK, OK, OK...
Durant la rédaction du KURO TSUBAME...
RYÔ, DIS-MOI... LAQUELLE DE CES PHOTOS EST LA MEILLEURE ♡ ?
T'AS PRIS CES PHOTOS À LEUR INSU ?

Swip
AU FAIT, POURQUOI TU VOULAIS JOUER AUX CARTES ?
HEIN ?
PARCE QUE J'ATTENDS QUE KAORUKO AIT FINI SON CLUB...
ELLE Y FAIT DE LA CUISINE...
TU AS DÉJÀ FAIM ?
TROP BIEN !
ON VA POUVOIR SE PARTAGER CE QU'ELLE AURA FAIT...
TU DOIS FAIRE ATTEN-TION ! TU VAS ENCORE TE PLAINDRE SI TU GROSSIS...
Grompf
!
TIENS, D'AILLEURS, JE T'AI PRÉPARÉ UN PLANNING DE RÉGIME.
PRO-GRAMME ALIMEN-TAIRE ET SPORTIF COMBINÉ...
Flip
HEIN... ?!
J'AVAIS OUBLIÉ QUE TU AVAIS UNE MISSION...
...
EUH...
JE VEUX BIEN...
MAIS JE SUIS EN PLEINE CROISSANCE...
ALORS, UN RÉGIME...
IL A RAISON, TU SAIS !
QUAND ON A DE BONNES CHOSES EN FACE DE SOI, C'EST DUR DE RÉSISTER ET ON A VITE FAIT DE PRENDRE DU POIDS.
SI TU MANGES TROP, TU RISQUES DE LE REGRET-TER, NON ?
IL FAUT SE RES-TREINDRE...

...
AH ! JE ME SUIS FAIT AVOIR !
ET SI VOUS EN FAISIEZ AUTANT ? C'EST BON POUR TRAVAILLER VOTRE SELF-CONTROL...
JE PARLE DU RÉGIME...
ON N'A PAS VRAIMENT BESOIN DE MAIGRIR, NOUS !
Smile
MAIS... VOUS... VOUS ÊTES EN TRAIN DE ME FAIRE COMPRENDRE QUE J'AI GROSSI ? VOUS TROUVEZ QUE JE MANGE TROP ?
TE VOILÀ !
RYÔ !
TATATATAP
J'AI UN SERVICE À TE DEMANDER...
TU VEUX BIEN VENIR AVEC MOI EN CUISINE S'IL TE PLAÎT ?
Tourn
KAORUKO !
OH, JOLI TABLIER !
MH ? EN CUISINE ?
... !
ON EST EN TRAIN DE TESTER DES GÂTEAUX.
JE VOUDRAIS QUE TU LES GOÛTES ET QUE TU ME DONNES TON AVIS...
TU VEUX BIEN ?
Woof
VAS-Y, MAIS CONSOMME AVEC MODÉRATION.
JE PEUX ?
AVEC GRAND PLAISIR !
MAIS OUI !
D'ACCORD !
MH ?
HIMURA...
ATTENDS !

PWOOF
C'EST POUR ÉVITER QUE TU PRENNES FROID...
ET NE MANGE PAS TROP !
NON !
...
AH...
C'EST...
OK...
Frot
Frot

MERCI !
Ha Ha !
HAKUÔ EST BIEN PLUS ATTENTIF DEPUIS QU'IL EST...
TON MAJORDOME ATTITRÉ.
IL NE DONNAIT PAS DU TOUT L'IMPRESSION D'ÊTRE COMME ÇA AVANT.
AH BON ?
TU CROIS QU'IL SE MET EN QUATRE POUR MOI ?
JE CROIS JUSTE QUE C'EST DANS SA NATURE, NON ?
HA HA HA !
JE PENSE QUE C'EST CLAIREMENT POUR TOI...
ET JE T'ENVIE !
DEPUIS QUELQUE TEMPS...
CES PAROLES ATTENTION-NÉES...
MH...
...

Et voici le volume 2 !

Bonjour ! C'est Rei Izawa ! Merci d'avoir acheté ce 2e volume !

Ce manga a fait couler beaucoup de sueur et de larmes chez Tsuyama, notre éditeur et moi ! Vous avez donc entre vos mains le fruit d'un travail difficile !

Je passe du coq à l'âne... Mais, j'espère que vous aimez ces personnages ! En tout cas, moi, oui ! Et pas seulement les principaux, je les aime tous.

Dans ce 2e volume, certains font leur apparition. Je les adore parce que c'est moi qui les ai dessinés. J'aimerais leur donner plus d'importance qu'ils n'en ont mais ça ne semble pas vraiment possible si je respecte le scénario de base...

C'est pour ça que j'ai décidé de leur consacrer les encarts de ce volume. (Bon, je sais, ça n'est pas grand-chose...) J'espère que vous vous amuserez bien !

(La prochaine fois, je demanderai l'avis de Tsuyama sur ces personnages.)

CAVIAR, OURSIN...
HOMARD, THON ROUGE...
TA TA TAP
Montagne de fruits de toutes saisons...
WAA AAH !
MAIS C'EST SUPER CHER TOUT ÇA !
RYÔ ? RYÔ !
ÇA CRAINT !
MH ?
ELLE NE M'AVAIT PAS PARLÉ DE GÂTEAUX ?
Raplapla
TIENS ! SERS-TOI !
Visqueux
CE SONT DES CRÉATIONS ORIGINALES.
CHOUX À LA CRÈME FRAÎCHE ET AU CAVIAR.
ET CAKE À L'OURSIN...
OOOH...
...
MMH... RIEN QU'À L'ASPECT, C'EST DÉJÀ PAS TRÈS ENGAGEANT...
POIIM
BON, JE VAIS GOÛTER.
CRONCH
CRONCH
ALORS ?
C'EST COMMENT ?
CROC
GWOM
CHEWM

ALORS ?
EUH... COMMENT DIRE... EUH... J'AI EU... UNE IMPRESSION DE... DE BEAUCOUP DE CHOSES...
GLOUPS
LE GOÛT, LE PARFUM, LA TEXTURE...
Blah
Blah
CE N'EST PAS TERRIBLE... ?
ON ESSAIE, MAIS... !
Blah
POUR ÊTRE HONNÊTE, AUCUNE DE NOUS N'ARRIVE À FAIRE UN GÂTEAU DIGNE DE CE NOM...
QU'EST-CE QU'ON PEUT FAIRE, CHEF HANAZONO ?
C'EST UN PROBLÈME, C'EST SÛR... LA "GARDEN-PARTY DES ROSES BLANCHES" EST DANS TROIS JOURS...
Cronch Cronch
LA GARDEN-PARTY DES ROSES BLANCHES ? C'EST QUOI ?
ENCHANTÉE, JE SUIS HANAZONO, LA RESPONSABLE DE CE CLUB !
UNE PETITE FÊTE OÙ LES CLUBS DE CUISINE DE TOUTES LES ÉCOLES DES ALENTOURS PRÉSENTENT LEURS CRÉATIONS.
ON Y BOIT DU THÉ ET ON DISCUTE EN BONNE CAMARADERIE...
ET POURQUOI ÇA S'APPELLE COMME ÇA ?
Yes !
PARCE QUE CETTE ANNÉE, ÇA A LIEU DANS NOTRE JARDIN DE ROSES ET ON VEUT TOUT DONNER POUR QUE CETTE PETITE FÊTE SOIT INOUBLIABLE !
EH BEN, C'EST PAS AVEC CES GÂTEAUX QU'ELLES VONT Y ARRIVER !
TROIS JOURS...
Raplapla

ON ARRIVE À RIEN, ALORS QU'ON A DES INGRÉDIENTS DE PREMIÈRE QUALITÉ...
C'EST BIZARRE, HEIN... ?
PEUT-ÊTRE QU'IL FAUDRAIT EN PRENDRE D'ENCORE PLUS LUXUEUX...
EUH, C'EST PAS ÇA, LE PROBLÈME...
...
RECOMMENÇONS !
BON, ÇA, JE NE L'UTILISERAI PLUS...
Jette
CELUI-LÀ...
OK, OUVRONS UN AUTRE PAQUET DE FARINE.
Fritch
HEIN ?
MAIS... ET CEUX-LÀ ?
...
TOUS LES MORCEAUX NE FONT PAS LA MÊME TAILLE !
Jette
UN AUTRE...
RATÉ !
ZUT, JE ME SUIS TROMPÉE EN PESANT...
EUH... MAIS...
TRBLL
TRBLL
...
JE RECOMMENCE !
GÂCHIS SANS FIN !
AAAH !
JE NE PEUX PAS LES LAISSER FAIRE ÇA !
...

ばっ
TCHOP
MH ?
MÊME AVEC CE QUE VOUS CROYEZ INUTILISABLE...
ON PEUT FAIRE DE TRÈS BONNES CHOSES !
HEIN ?
MAIS CES INGRÉDIENTS ONT DÉJÀ ÉTÉ UTILISÉS...
CHEF HANAZONO, TU PERMETS QUE J'UTILISE UN MOMENT LA CUISINE ?
JE VAIS VOUS MONTRER !
てきぱき
FLOP
FLOP
てきぱき
TOURN
TOURN
ELLE EST TRÈS ADROITE...
JE SAIS !
AH, TU LE SAVAIS... ?
OUI, RYÔ EST TRÈS DOUÉE POUR FAIRE DES GÂTEAUX.
FLITCH

POC
AAAH...
JE ME SENS MIEUX...
J'AI RÉUSSI À TOUT RATTRAPER...
HIMURA ?
TATAP
HEIN ?
QUE... ?
HAKUÔ ?
LE PRINCE HAKUÔ ?!
TATAP
TU AS GARDÉ TES CARTES, N'EST-CE PAS ?
JE SUIS VENU LES CHERCHER.
JE NE PEUX PLUS NI JOUER NI RANGER LE JEU...
Fouill Fouill
OH, C'EST VRAI ! JE TE DEMANDE PARDON !
QU'EST-CE QUE TU FAIS ?
FRISH FRISH
TU N'ÉTAIS PAS LÀ JUSTE POUR GOÛTER ?
SI, C'ÉTAIT LE CAS !
ET...
TADAAM
VOILÀ !

PANCAKES À LA BANANE, FAÇON HIMURA, TERMINÉS !
DÉJÀ... ?
...
ÇA A L'AIR TRÈS SIMPLE...
MAIS ÇA SENT BON.
VOUS VOULEZ GOÛTER ?
Reku!
Reku!
HEIN ?! OH, NON ! C'EST...
MOI, JE VEUX BIEN.
MH ?
SLURP

Quoiii ?!
HAKUÔ... !
C'ÉTAIT PAS LA PEINE D'EN PRENDRE AUTANT !
ON SENT TRÈS BIEN LE GOÛT DE LA BANANE.
C'EST VRAIMENT TRÈS BON...
HIMURA...
oooooooooooo
OOOOOh
SI HAKUÔ LE DIT...
ON ESSAIE ?
WAH !
C'EST VRAI QUE C'EST BON !
Blah
EFFECTI-VEMENT !
C'EST DÉLICIEUX !
CRONCH
...
Bla
C'EST FORMIDABLE...
HIMURA !
HEIN ?

CE QUE TU AS PRÉPARÉ EST EXTRÊMEMENT SIMPLE...
MAIS C'EST UN VRAI RÉGAL !
TCHOP
C'EST NOUVEAU ET ÇA PEUT AGRÉABLEMENT ÉMOUSTILLER DES PAPILLES HABITUÉES AUX METS DE LUXE !
...
C'EST UN COMPLIMENT ?
BIEN SÛR !
JE T'EN PRIE !
AIDE-NOUS À PRÉPARER LA GARDEN-PARTY DES ROSES BLANCHES !
HEIN... ?
...
BIEN SÛR !
MERCI !
Inkliin
IL NE RESTE QUE TROIS JOURS POUR TOUT FAIRE, ÇA IRA ?
OUIIII !
WAH !
Planning
HA HA HA
JE DOIS RETROUVER LA CHEF DEMAIN CHEZ ELLE.
JE VAIS PRÉPARER QUELQUES RECETTES !
ELLE A DIT "PAS LE DROIT DE REMETTRE LES PIEDS À L'ÉCOLE TANT QUE ÇA N'EST PAS TERMINÉ !"

LES AIDER, D'ACCORD, MAIS NE FAIS PAS L'IMPOSSIBLE, OK ?
HEIN ?
...
AH...
BEN...
HA HA HA HA !
...
QU'EST-CE QUI TE FAIT RIRE ?
QUOI QUE TU PUISSES EN PENSER, HAKUÔ...
SIMPLEMENT PARCE QU'ON ME L'A DEMANDÉ...
JE VAIS FAIRE L'IMPOSSIBLE POUR LES AIDER !
GÂTEAU AU TÔFU... À LA PATATE DOUCE...
TIENS, CE GÂTEAU, C'ÉTAIT PAPA QUI LE FAISAIT...

...
J'ADORE FAIRE ÇA !
VENEZ !
UTILISEZ CETTE CUISINE COMME BON VOUS SEMBLE !
C'EST MON DOMAINE RÉSERVÉ !
SON DOMAINE RÉSERVÉ ?!
Blah Blah
IL Y AVAIT DE L'ESPACE INUTILISÉ, ALORS, ON M'A FAIT CETTE CUISINE...
C'EST GÉNIAL !
HALLU-CINANT !

AH !
Blah
Blah
HAKUÔ !
IORI ! HAYATO !
BONJOUR !
HAKUÔ NOUS A INVITÉS À L'ACCOMPAGNER...
TU ES VENU, ALORS QUE C'EST LE WEEK-END ! MERCI !
NATURELLEMENT...
PUISQUE JE SUIS TON MAJORDOME ATTITRÉ...
TU DIS ÇA MAIS...
L'AIDER SE LIMITE À GOÛTER, NON ?
JE VAIS CUMULER LES RÔLES DE SURVEILLANT ET DE GOÛTEUR...
...
JE TE SIGNALE QUE C'EST PAREIL POUR TOI !
OOH ! IORI A L'AIR ABSOLUMENT PARFAIT !
QUE TU CROIS...

MH ?
QU'EST-CE QU'IL Y A ?
Fiiix
Ooh !
JE TROUVE QUE TU AS L'AIR TRÈS DIFFÉRENT QUAND TU N'ES PAS EN UNIFORME...
AH BON ?
...
ELLES OSENT TOUTES T'APPROCHER PLUS FACILEMENT, REGARDE...
TU VEUX UN TABLIER ?
TIENS...
JE VOUS REMERCIE BEAUCOUP !
ON SE CHARGERA DE TOUS LES TRAVAUX QUI DEMANDENT DE LA FORCE !
BIEN... TOUT LE MONDE EST PRÊT ?

AUJOURD'HUI, NOUS ALLONS PRÉPARER LES RECETTES QUE HIMURA A APPORTÉES.
MERCI RYÔ !
DE RIEN.
UN GÂTEAU À BASE DE TÔFU ?
C'EST PAS VRAIMENT UN INGRÉDIENT RARE...
TU AS PRÉPARÉ ÇA TOUTE SEULE ?
OUI ! ÇA M'A PRIS TOUTE LA NUIT.
JE T'AVAIS POURTANT RECOMMANDÉ DE NE PAS EN FAIRE TROP.
HIMURA !
J'AI INTÉGRÉ LA FARINE MAIS JE FAIS QUOI APRÈS ?
AH !
METS DU BEURRE DANS LA POÊLE FAIS-LE FONDRE...
À FEU DOUX...
RYÔ...
KAORUKO
J'ARRIVE !
Tourn
Tourn
CHEF HANAZONO
LAISSÉ-POUR-COMPTE...
...
JE VAIS MÉLANGER, VA LA VOIR...
Pouss
EUH...
TU ES SÛR ?
MAIS OUI, ALLEZ...
Floop
...
OH, ATTENTION, HAKUÔ, ÇA DÉBORDE !

...
BIEN JOUÉ !
T'AURAS UN COOKIE COMME RÉCOMPENSE PLUS TARD...
NE ME TRAITE PAS COMME UN GAMIN !
BEN QUOI ? TU NE GOÛTERAS PAS ?
SI, JE GOÛTERAI !
...
...
...
...
OH...
...
AH...
POURQUOI IL ARBORE UNE TELLE EXPRESSION ?
ぽかーん
Rouuugg
AH !
QUELQU'UN A SON APPAREIL PHOTO ?
PERSONNE ? DOMMAGE...
HIMURA EST INCROYABLE AUSSI...
LA FAÇON DONT ELLE TRAITE LE PRINCE HAKUÔ EST...
QUEL GENRE DE FILLE ÇA PEUT BIEN ÊTRE... ?
あー
AAAAH

TATATATAP
STOOOP !
POURQUOI TU VEUX LES JETER ?!
ON NE LES A MÊME PAS GOÛTÉS !
HEIN... ?
ILS SONT PEUT-ÊTRE BONS.
VA SAVOIR !
UN PEU SPONGIEUX, MAIS BON...
JE NE PEUX QUAND MÊME PAS PROPOSER ÇA À HAKUÔ !
C'EST TROP BIZARRE...
C'EST PAS UNE RAISON POUR LES JETER !
FOURRONS-LES DE CRÈME ET VOYONS CE QUE ÇA DONNE...
Oh !
Plop
MMH... VOILÀ, COMME ÇA...
DÉSOLÉE POUR L'ATTENTE !
Dom
Dodom
C'EST CETTE DEMOISELLE QUI LES A FAITS.
MMH...
C'EST PAS MAL...
AH, TU VOIS... ?
...
SI QUELQUE CHOSE VOUS POSE PROBLÈME VENEZ ME VOIR, OK ?
PEU IMPORTE CE QUE C'EST, VOUS M'APPELEZ !
Smile

Ooh...
....
...
HIMURA ! PAR ICI !
J'AI BESOIN D'AIDE AUSSI !
HEIN ?
OUI... C'EST UNE FILLE ÉTONNANTE.
ELLE EST DOUÉE POUR DIRIGER LES AUTRES...
TSOOF
DIRE QUE PERSONNE N'OSAIT L'APPROCHER JUSQU'À MAINTE-NANT...
...
ÇA N'ÉTAIT PAS TRÈS RÉUSSI...
ALORS, ON A ESSAYÉ DE RATTRAPER LES CHOSES AU MOYEN D'UNE PETITE ASTUCE...
TATATAP
OOH... C'EST QUOI ?
VOUS VOULEZ BIEN GOÛTER, S'IL VOUS PLAÎT ?
TADAAM
menu
Crêpes aux fraises grillées arrosées de coulis d'encre de seiche et parsemées de coquilles d'oursins.
...
VOIX MONOCORDE
TSOF
EUH... À TOI L'HONNEUR ! TU PEUX MÊME TOUT MANGER...
...
C'EST BIEN TOI QUI ADORES MANGER, PAS VRAI ?
TSSS...
...

NE SAIT PAS DIRE NON.
EN FAIT, IL FAUT BIEN REMUER LORS DE LA CUISSON, POUR ÉVITER QUE ÇA NE BRÛLE... LA PROCHAINE FOIS, CE SERA PARFAIT...
Il a tout mangé !
D'ACCORD !
HAKUÔ EST OCCUPÉ...
TU VEUX BIEN GOÛTER À SA PLACE ?
OUI...
HAYATO, EST-CE QUE ÇA VA ?
MH... JE SUIS LIBRE...
HIMURA, TU N'AURAIS PAS UN BOULOT POUR MOI ?
TRBLL TRBLL
PAREIL POUR MOI...
AH... OK, AIDEZ-MOI À PRÉPARER CETTE CRÈME.
GOÛTEURS EN PAUSE...
DÉTESTE SE PLANTER.
AH ! VOUS DEVEZ TRAVAILLER CHACUN DE VOTRE CÔTÉ !
HEIN ?
D'ACCORD. TU T'OCCUPES DU BEURRE ?
MH, C'EST CE QUE JE FAIS DEPUIS LE DÉBUT...
PAS MÉTICULEUX...
C'ÉTAIT TRÈS BON.
C'EST VRAI ?
Zip Zip
AH, C'EST LOURD...
Tourn Tourn
LE SALADIER !
LES BAGUETTES !
COMMENT CE CLUB VA-T-IL POUVOIR TOURNER ?
Dodom Dodom
ALLEZ, J'ENFOURNE !
DING

YO !
ON A RÉUSSI !
おお
OOOh!
CRONCH CRONCH
LES BISCUITS AUX CHAMALLOWS...
LE GÂTEAU À LA PATATE DOUCE...
LE FLAN AUX ŒUFS...
WAH !
C'EST BON, HEIN CHEF ?
OUI. ILS SONT TOUS DÉLICIEUX...
MAIS...
ILS SONT TOUS TROP SIMPLES...
Et ils sont tous de la même couleur...
OUI, C'EST ÇA...
C'EST LE GENRE DE PÂTISSERIES QU'ON FAIT À LA MAISON.
ON POURRAIT LES PRENDRE EN PHOTO ?
QUE PENSES-TU DE CELUI-CI ?
UNE SOURIS ?
ELLE A VOULU DESSINER UN BLAIREAU ?
JE PENSE QUE C'ÉTAIT PLUTÔT UN PANDA...
NE FONT PAS CAS DU PROBLÈME.
Tsom
MH... QU'EST-CE QU'ON POURRAIT FAIRE... ?
IORI !
TOI QUI FAIS TOUJOURS DE TRÈS JOLIS PLATEAUX-REPAS !
TU N'AURAIS PAS UNE IDÉE ?

...
ALLEZ, NE BOUDE PAS PARCE QUE CE N'EST PAS À TOI QU'ON A DEMANDÉ DE L'AIDE.
REGARDE PLUTÔT CETTE MONTAGNE DE GÂTEAUX !
SI JE PEUX VOUS AIDER EN QUOI QUE CE SOIT, CE SERA AVEC PLAISIR.
OK, ALORS, AIDE-NOUS, VEUX-TU... ?
D'ACCORD.
REGARDEZ-MOI ÇA...
OOOOH !
L'APPARENCE DE LA TABLE COMPTE AUSSI...
QUELQUES CHOUX EN FLEUR FONT DÉJÀ UNE GRANDE DIFFÉRENCE.
ÇA ALORS !
TOUT À FAIT CE QUE J'ATTENDAIS DE TOI, IORI...
LES PÂTISSERIES...
C'EST COMME LES FEMMES...
IL FAUT LES PARER AVEC RAFFINEMENT POUR LES MAGNIFIER !
Smile

ET SI ON UTILISAIT LES FRUITS QU'IL RESTE POUR LA DÉCO ? CE SERAIT BIEN, NON ?
PLUTÔT QUE DE LES JETER...
MMH...
ON POURRAIT AUSSI EN FAIRE UN COULIS...
C'EST UNE BONNE IDÉE.
OH OUI !
LEUR COULEUR ÉGAYERAIT LA TABLE ET CE SERAIT TRÈS HARMONIEUX !
IORI, JE VEUX DIRE...
IL EST... TOUJOURS COMME ÇA ?
KYAAH !
QUELLE MERVEILLEUSE ÉLOQUENCE !
HÉ OUI...
TOUT ÇA, C'EST GRÂCE À TOI, HIMURA !
HEIN ?
ON N'AURAIT JAMAIS PENSÉ À TOUT ÇA NOUS-MÊMES !
ON TE DOIT UNE FIÈRE CHANDELLE...
TA TA TAP
MERCI !
...
DE RIEN !
MH...
COOL...

TIENS...
MH ?
AH, AU FAIT...
ON POURRAIT PEUT-ÊTRE ENVISAGER DE METTRE AUTRE CHOSE QUE DES METS SUCRÉS POUR SURPRENDRE LES INVITÉS ?
OUIII !
BONNE IDÉE, IORI !
DES METS SALÉS, PAR EXEMPLE, COMME CEUX QU'ON TROUVE CHEZ LE TRAITEUR...
EN CHOISISSANT CEUX QUE LES JEUNES PRÉFÈRENT...
TU PENSES À QUOI ?
À DE LA TERRINE, DES ANCHOIX OU DES PETITES POMMES DE TERRE...
OU ENCORE À DU ROSBEEF EN MINI-SANDWICHES...
OH !
LÀ, IL N'Y A RIEN À DIRE...
ON EST TOTALEMENT DÉPASSÉS...
...
JE M'INCLINE...
C'EST UN DES RARES DOMAINES DANS LESQUELS JE NE PEUX LUI ÊTRE D'AUCUNE UTILITÉ...
PLIP
D'AILLEURS...
ELLE N'A PAS BESOIN DE MOI... ELLE A L'AIR DE BIEN S'AMUSER...

APPREND À FAIRE UN FLAN AUX ALGUES CONFITES.
REGARDE, IORI !
QU'EST-CE QUE TU EN PENSES ?
C'EST PARFAIT.
VRAIMENT ?!
OUI... ELLE A L'AIR, EN EFFET...
...
EUH... TU BOUDES ENCORE ?
Mh...
...
Pfof
OH ?!
WAAH !
ÇA Y EST, J'AI RÉUSSI !
TIENS, GOÛTE !
IL EST TELLEMENT TRANSPARENT QUAND IL EST COMME ÇA...
OUI, MAIS JE NE TE CONSEILLE PAS DE LUI DIRE...
RAAAAH ! JE SUIS JALOUSE !
PRENEZ-LES VITE !
ÉQUIPE DE PHOTOGRAPHES DE LA CHEF HANAZONO...
DEMAIN, RÉUNION DES PRÉPARATIFS...
MERCI POUR TOUT CE QUE TU AS FAIT AUJOURD'HUI.

Yeeeees !
BON, EN PLACE POUR NOTRE PETIT RITUEL, MAINTENANT !
SUIVEZ-MOI !
TCHOP
OK ! VIENS AUSSI, RYÔ...
HEIN ?!
POUR QUOI FAIRE ?
IL NOUS FAUT HAKUÔ, IORI ET HAYATO AUSSI...
Flaaassh
EN MÉMOIRE DE CETTE JOURNÉE !
...
QUE TOUTES CELLES QUI VEULENT ÊTRE PRISES EN PHOTO AVEC LES TROIS GARÇONS VIENNENT !
OK !
ON ARRIVE !
Chef hanazono, accro aux photos souvenir...
JE VOUS FERAI UN ALBUM POUR VOUS AUSSI.
VOUS LE VOULEZ RELIÉ COMMENT ?
WAOUH...
...
ELLE FAIT MÊME DES POLAROÏDS...
ET MOI, JE NE PEUX RIEN FAIRE EN SOUVENIR DE CETTE JOURNÉE... ?
QUOI ?
S'EST ENFUI.
TU SAIS QUOI ?
J'AI VRAIMENT PASSÉ DE SUPER BONS MOMENTS AUJOURD'HUI...
MMH...

...
ALORS, POUR LEUR RENVOYER L'ASCENSEUR...
J'AIMERAIS FAIRE DE CETTE GARDEN-PARTY UN MOMENT FANTASTIQUE !
C'EST POSSIBLE, TU CROIS ?
HEIN ?
J'AI DES LIVRES QUI POURRAIENT TE SERVIR...
ON PEUT Y RÉFLÉCHIR ENSEMBLE...
LAISSE-MOI AU MOINS T'AIDER POUR ÇA...
D'ACCORD ?
ON SE RETROUVE DEMAIN MATIN AU FOYER POUR EN PARLER.
...
D'ACCORD !

OH !
MH ?
REGARDE ÇA !
DES GÂTEAUX DE LA FORTUNE ?
TU VEUX DIRE QU'IL FAUDRAIT QU'ON METTE DES PAPIERS DEDANS ?
DES PRÉDICTIONS ?
EXACTEMENT !
DES PETITS MOTS ÉCRITS À LA MAIN.
ÇA FERAIT UN SOUVENIR À RAPPORTER DE CETTE JOURNÉE !
JE TROUVE QUE C'EST UNE BONNE IDÉE ! C'EST TOUJOURS AGRÉABLE D'AVOIR UN CADEAU...
OUI, JE ME DISAIS LA MÊME CHOSE...
MAIS...

ON AURA LE TEMPS DE FAIRE TOUT ÇA ?
BEN... JE ME PROPOSE DE LE FAIRE.
CE SERA MA FAÇON À MOI DE VOUS DIRE MERCI À TOUTES.
PARDON ?
MERCI DE M'AVOIR INVITÉE À PARTICIPER...
CHEF HANAZONO...
C'ÉTAIT LA PREMIÈRE FOIS...
QUE JE PARTICIPAIS À UNE ACTIVITÉ AVEC LES AUTRES DANS CETTE ÉCOLE.
ALORS, JE FERAI TOUT MON POSSIBLE...
POUR QUE CETTE JOURNÉE SOIT RÉUSSIE.
...
MERCI, HIMURA.
J'ACCEPTE TON OFFRE AVEC PLAISIR.

VOUS AVEZ ENTENDU ?
ON AURA LA PLUS BELLE GARDEN-PARTY DES ROSES, DEMAIN !
PARCE QU'ON A HIMURA AVEC NOUS !
ET COM-MENT !
...
HIMURA...
JE VAIS T'AIDER AUSSI.
VRAI-MENT ?
MERCI HAKUÔ.
MAIS RAPPELLE-TOI...
N'EN FAIS PAS TROP...
OK ?
HAHAHA !
...
ALLEZ, IL FAUT S'Y METTRE !

TSSS...
IL PEUT BIEN DIRE TOUT CE QU'IL VEUT...
LES ROSES BLANCHES...
ZZZZZZ
JE FERAI L'IMPOS-SIBLE !
CHEF...
HANA-ZONO !
EN CUISINE...
J'EN ÉTAIS SÛR...
QU'EST-CE QU'ELLE A ?
POUR-QUOI ELLE SOURIT...
Tourn
GRMLL
MERCI...
GRMLL
HAKUÔ...
S'IL TE PLAÎT... AIDE-MOI...
ENCORE UN PEU.
QUOI ?
GRMBL
...
GRMBL
ZZZ
...
GROMBLL
D'AC-CORD...
GRM-MLL...
ZZZ...
REPOSE-TOI.

Smile
ZZZZ
...
...
ELLE SOURIT... À QUOI PEUT-ELLE BIEN PENSER... ?
AH, VOILÀ ENFIN L'OCCA-SION...
DE ME RENDRE UTILE !

WAOUH ! C'EST DIGNE DE CE QU'ON POUVAIT ATTENDRE DE L'ACADÉMIE SÔSEIKAN !
C'EST LA PREMIÈRE FOIS QUE JE VOIS UNE TELLE GARDEN-PARTY DES ROSES BLANCHES...
Je vous en prie...
Prenez place.
MMH... ?

HAKUÔ ?
MAIS QU'EST-CE QUE... ?
HEIIIN ?!
J'AI PARLÉ DE TOI AUSSI, IORI ? ET DE HAYATO ?!
IL N'ÉTAIT PLUS LÀ HIER À MON RÉVEIL...
JE N'AI MÊME PAS PU LUI DIRE MERCI POUR CE QU'IL A FAIT !
QUI LUI A DEMANDÉ DE FAIRE ÇA ?!
IL A DIT QUE C'ÉTAIT TOI DANS TON SOMMEIL...
J'AI D'AILLEURS UN MESSAGE DE SA PART POUR TOI...
« ON DÉPLOIE NOS TALENTS...
ET TOI, TU REGARDES, C'EST TOUT. »

HEIN ?
QUOI ?
MAIS...
ON DIRAIT QUE TU N'ES PAS LE SEUL...
À ÊTRE TOMBÉ SOUS LE CHARME DE CETTE FILLE, HAKUÔ.
JE LA VOUDRAIS BIEN À DEMEURE AUSSI DANS MON CLUB, D'AILLEURS...
C'EST À ELLE QU'IL FAUT LE DIRE...
ÇA LUI FERAIT EXTRÊMEMENT PLAISIR.
AH !
VISION D'UN CADRAGE PHOTO
Tourn

Je vous
en prie...
Made-
moiselle...
PARFAIT
!
ばんざーーい
BANZAIII!
ÇA A
ÉTÉ...
UN
FRANC
SUCCÈS
!

ET TOUT ÇA, C'EST GRÂCE À HIMURA ET HAKUÔ !
MERCI DE TOUT CŒUR !
ZIEUT ZIEUT
TIENS ?
OÙ SONT-ILS PASSÉS ?
HAKUÔ EST SORTI...
HIMURA L'A SUIVI.
DOMMAGE... JE VOULAIS LEUR PROPOSER DE DEVENIR MEMBRES DU CLUB...
D'AILLEURS, ON DOIT S'ÉCLIPSER AUSSI.
ATTENDEZ !
IORI ! HAYATO ! VOUS NE VOULEZ PAS FAIRE PARTIE DU CLUB ?
ÇA RELÈVERAIT LE NIVEAU GÉNÉRAL !
KYAAH
....
KYAAH
SI VOUS NE VOULEZ PAS...
LAISSEZ-NOUS AU MOINS VOUS PRENDRE EN PHOTO !
Tap
Tap
Tap
HAKUÔ !

CHBOOOM
MER-CIII-IIII-III !
... !
CHOC
MAIS QU'EST-CE QUI TE PREND ?!
AÏE...
OUPS !
JE SUIS DÉSOLÉE !
ÇA VA ?
QU'EST-CE QU'IL Y A ?
TU T'ES FAIT DES AMIES DANS CE CLUB, NON ?
VA T'AMUSER.
Fritch
JE POURRAI LES AIDER APRÈS...
MAIS...
Fritch
JE TENAIS À TE DONNER CECI TOUT DE SUITE...
TIENS.
IL CONTIENT UN MESSAGE QUE J'AI MOI-MÊME ÉCRIT.
J'AI AUSSI FAIT LE PAQUET.

C'EST POUR MOI SEUL ?
OUI.
J'EN AI UN AUTRE POUR IORI ET UN POUR HAYATO.
CROK CROK
QUE... ?!
HAKUÔ ! QU'EST-CE QUE TU FAIS ?
TU VAS MANGER LE MESSAGE !
JE L'AI MANGÉ.
QUOI ?!
MAIS C'ÉTAIT DU PAPIER ! RECRACHE-LE !
LE RECRACHER ?
IMPOSSIBLE...
FAIS-M'EN UN AUTRE.
AAH !
QUE... ?
MH ?
HEU...
JE VOUDRAIS TE DIRE QUE...
JE SERAI BIENTÔT CAPABLE...
DE FAIRE DES PÂTISSERIES MOI AUSSI...

...
MH ?
MAIS...
La prochaine fois, faisons-les ensemble.
...
EST-CE QUE PAR HASARD...
TU NE TE SERAIS PAS SENTI DÉLAISSÉ PARCE QUE CE N'ÉTAIT PAS AVEC TOI QUE JE CUISINAIS ?
NON...
CE N'EST PAS ÇA...
MAIS QU'EST-CE QUE JE VAUDRAIS SI JE N'ÉTAIS PAS CAPABLE DE LE FAIRE... ?
ALORS QUE JE SUIS QUAND MÊME TON MAJORDOME ATTITRÉ ?

PFF
IL DÉTESTE SE SENTIR INFÉRIEUR...
COMMENT SE FAIT-IL...
QUE CES DERNIERS TEMPS...
J'AI HÂTE DE LES GOÛTER, TU SAIS ?
JE TE PROMETS DE TOUTES LES MANGER !
OH, TU AS VU !
OUI, IL FAUT QUE TU REPRENNES LE RÉGIME...
...
ET QUE TU FASSES DU SPORT QUAND TU MANGES AUTANT.
HEIN ? ENCORE LE RÉGIME ?
ÇA Y EST ! LES CERISIERS SONT EN FLEURS !
ON POURRA VENIR PRENDRE LE THÉ ICI DEMAIN !
IL FAUT INVITER IORI ET HAYATO.
DEMANDE REJETÉE.
HEIN ? MAIS ILS NOUS ONT BIEN AIDÉS !
JE SUIS CONSTAMMENT EN ATTENTE...
DE CE GENRE DE REMARQUES DE SA PART ?
CHAPITRE 5 - FIN

En plein challenge

Confection d'un gâteau

CHAPITRE 6
Lady and Butler

SOU-RIEEEEZ !
J'HALLU-CINE ?
Chef Hanazono en charge des photos

MERCI !
À DEMAIN.
ENCORE MERCI...
À VOUS...
Inkliin
DE RIEN !
AU REVOIR !
AU REVOIR.
MMH...
LES 1re ANNÉE ONT VRAIMENT QUELQUE CHOSE D'INGÉNU, TU NE TROUVES PAS ?
C'EST VRAI...
MAIS C'EST AGRÉABLE D'ÊTRE DE CELLES QUI LES ACCUEILLENT...
OH ! C'EST HIMURA ?
Pssht
LA FAVORITE DE HAKUÔ ?
VOUS CROYEZ QU'ON VA LE VOIR ?
Pssht
OUI...
ELLES SONT MIGNONNES...

HAHAHA !
J'AI L'IMPRESSION QUE TU ES LA CIBLE DE TOUTES LES RUMEURS...
ELLES ATTENDENT POUR RIEN, DE TOUTE FAÇON.
HAKUÔ EST ENCORE EN COURS.
AH BON ? TU VAS RENTRER AVANT LUI ALORS ?
NON, JE L'ATTENDS.
SI JE NE L'ATTENDS PAS, IL VA SE METTRE EN COLÈRE.
TU ES RENTRÉE SANS MOI ?!
IL PREND SON JOB TRÈS À CŒUR...
IL SUIT QUEL COURS ?
UN TRUC TEMPORAIRE D'APRÈS CE QU'IL M'A DIT...
MAIS JE NE SAIS PAS CE DONT IL S'AGIT EXACTEMENT...
PARCE QUE D'APRÈS CE QUE JE SAIS, IL N'Y A AUCUN COURS, EN CE MOMENT...
T'ES VACHEMENT AU COURANT, DIS DONC !
DOMMAGE...
MAIS C'EST PAS GRAVE...

LE VOILE DU MYSTÈRE...
STIMULE L'IMAGI-NATION !
TOUT CE QUI EST À MOI EST À TOI...
ENTRAÎNEMENT AUX SERMENTS
UN TRUC DANS CE GENRE-LÀ... ?
C'EST UNE ILLUSION !
EUUUH...
KAO-RUKO ?
Wu uuuuu
HEIN ?
WAH !
IL EST DÉJÀ CETTE HEURE-LÀ !
AU FAIT, KAORUKO, TU NE VAS PAS DANS TON CLUB, AUJOURD'HUI ?
RYÔ...
TU VIENDRAS FAIRE UN PETIT TOUR DE TEMPS EN TEMPS AU CLUB DE CUISINE, HEIN ?
OUI. MERCI.
TIENS, EN Y RÉFLÉCHIS-SANT BIEN...
QUEL COURS PEUT SUIVRE HAKUÔ... ?
JE ME RENDS COMPTE QUE JE NE CONNAIS PAS GRAND-CHOSE DE LUI EN FAIT...
IL EST ISSU D'UNE FAMILLE RICHE, IL DÉTESTE LES LÉGUMES, IL ADORE LES GÂTEAUX... MAIS À PART ÇA ?
JE CROIS QUE J'AI BEAUCOUP DE QUESTIONS À LUI POSER...
MH...
Fritch Fritch

Fritch
Fritch
Fritch
MH ? C'EST QUOI, CE BRUIT ?
LE CHAT ?
CE JARDIN EST UN VRAI LABYRINTHE MAIS QUAND MÊME...
Fritch
SI C'EST LUI, IL...
Fritch
Fritch
?!
BWOOF
CHBOONK
WAAH !
AAH !
BOM
AÏÏÏE... !
BON SANG !
C'EST QUOI ENCORE ?!

QUE... ?
UN ENFANT !
TADAAM
FROT
FROT
ROOOH ! T'ES TROP MIGNOOON !
D'OÙ TU SORS ?
...
RAAAH
NE ME TRAITE PAS COMME UN GAMIN !
J'AI 9... EUH... 10 ANS !
TU AS 10 ANS ?
OUI, J'AI 10 ANS !
PARFAITEMENT !
OKAY...
JE TE CROIS...
MMMH...
TSSS... D'ABORD C'EST LE GARDIEN QUI ME POSE PROBLÈME, PUIS CETTE ESPÈCE DE LABYRINTHE GÉANT, ET MAINTENANT UNE FILLE BIZARRE...
UNE FILLE BIZARRE... ?
...
MH ?
Fiiix
...
Y A PAS DE CARTE OU DE GUIDE POUR SE REPÉRER ICI ?
MH...

TU T'APPELLES COMMENT ?
MOI ?
RYÔ HIMURA.
OK...
RYÔ...
C'EST TOI QUI VAS ME GUIDER !
...
TE GUIDER... ?
TU T'ES PERDU, C'EST ÇA ?
C'EST PAS GRAVE, JE VAIS T'AIDER.
NON !
JE NE SUIS PAS PERDU !
JE SUIS VENU VOIR MON GRAND FRÈRE !
...
ALORS, JE TE DEMANDE DE M'AIDER À LE TROUVER !

SON "GRAND FRÈRE"...
ÇA SERAIT LE "PETIT FRÈRE" D'UN ÉLÈVE DE CLASSE L ?
VOUS DEVEZ BIEN VOUS ENTENDRE SI TU ES VENU EXPRÈS POUR LE VOIR.
Tsaam
BEN, ÉVIDEMMENT !
ET JE SUIS TRÈS FIER DE LUI !
OH...
COMME IL A L'AIR D'ÊTRE HEUREUX QUAND IL PARLE DE SON FRÈRE...
OK !
ALLONS LE CHERCHER, ALORS...
...
JE T'AI DÉJÀ DIT...
DE NE PAS ME TRAITER COMME UN GAMIN !

TA TAP
ずん
...
ずん
TA TAP
ALLONS-Y !
QU'EST-CE QUE TU ATTENDS ?
HEIN... ?
MH ? EUH, RIEN...
J'AI EU LA VAGUE IMPRESSION QU'IL ME RAPPELAIT QUELQU'UN À L'INSTANT...
HÉ, ATTENDS !
MAIS QUI... ?
ずん ずん
TA TAP
TA TAP
VOILÀ POUR-QUOI...
Kling
L'ÉTAT DE L'ARGENTERIE DOIT REFLÉTER NON SEULEMENT LES RESSOURCES ET LA CLASSE D'UNE MAISON...
MAIS AUSSI LES COMPÉTENCES DU MAÎTRE D'HÔTEL...
CELA VA SANS DIRE...
NETTOYER L'ARGENTERIE EST DONC UN RITUEL SACRÉ POUR UN MAJORDOME !
MOI-MÊME, JE L'AI FAIT AUTRE-FOIS...
C'EST CE QU'ON NOUS DIT AUSSI DANS NOS COURS...
Fiix
...

Bonjour !

C'est Fuyu Tsuyama, la scénariste de ce manga. Heureuse de vous retrouver.

Dans ce volume, Rio entre en scène... C'est un personnage que j'aime beaucoup.

La première fois que j'ai vue Rei Izawa le dessiner, je n'ai pas pu me retenir de m'exclamer comme une gamine « Ce qu'il est mignoooon ! »...

Si j'en ai l'occasion, j'aimerais bien que Kiryû (que vous allez découvrir) et lui reviennent dans l'histoire. Ils font la paire, tous les deux.

J'espère que vous vous amuserez bien à lire ce 2e volume et que vous appréciez l'univers de Lady and Butler.

Merci encore de l'avoir acheté !

Fuyu Tsuyama

SI TU ME LE DIS, JE T'AIDERAI À LE RETROUVER...
JE LE RETROUVERAI BIEN TOUT SEUL.
ÇA FAIT SI LONGTEMPS QU'IL N'EST PAS RENTRÉ À LA MAISON...
IL SERA TRÈS SURPRIS EN ME VOYANT...
C'EST PARCE QU'ON EST EN INTERNAT...
CE N'EST PAS ÇA !
JE PENSAIS AUX MOMENTS PARTICULIERS DE L'ANNÉE OÙ IL N'EST PAS LÀ...
LES VACANCES D'ÉTÉ, LE NOUVEL AN...
LES ANNIVERSAIRES DES MEMBRES DE LA FAMILLE...
...
JE VOIS...
TU AIMERAIS PASSER CES JOURS SPÉCIAUX AVEC LUI...
ÉVIDEMMENT... IL EST TOUJOURS ICI...
VU QU'IL FAIT PARTIE DE CEUX QUI VEULENT PROUVER CE QU'ILS VALENT...

JE SUIS VENU TOUT SEUL PARCE QUE JE VEUX SUIVRE SON EXEMPLE...
KIRYÛ NE M'A PAS ACCOMPAGNÉ CETTE FOIS !
KIRYÛ ?
RIO ! TU ES ALLÉ TOUT SEUL À L'ACADÉMIE SÔSEIKAN ?!
KIRYÛ
ET S'IL T'ÉTAIT ARRIVÉ QUELQUE CHOSE ?!
AH...
MON PRÉCEPTEUR.
IL M'EMPÊCHE SANS ARRÊT DE FAIRE LES CHOSES PAR MOI-MÊME.
MAIS AUJOURD'HUI, IL POUVAIT BIEN DIRE CE QU'IL VOULAIT, JE SUIS VENU VOIR MON FRÈRE !
ET JE LUI AI FILÉ SOUS LE NEZ !
HéHéHé!
BOM
RIOOOOO !
PFUUF
J'EN AI MARRE !
TAXI ! À L'ACADÉMIE SÔSEIKAN !
TAXI
PAUVRE KIRYÛ...
ざわ Blah
ざわ Blah
MAIS... TU AS DIT QUE C'ÉTAIT TON PRÉCEPTEUR...
TA FAMILLE VIT À L'ANCIENNE ?
HEIN ? BEN NON, ELLE EST NORMALE...
BEN, NON...
AVOIR UN PRÉCEPTEUR, C'EST PAS "NORMAL"...
WAOUH ! IL Y A BEAUCOUP DE MONDE !

IL EST LÀ ?
NON.
...
IL N'EST PAS LÀ.
RIO...
À QUEL GENRE DE MILIEU APPAR-TIENS-TU ?
Tourn
Tourn
ALORS ?
BON... CONTI-NUONS...
...
Pof
MH ?
JE SUIS FATIGUÉ.
PRENDS-MOI SUR TES ÉPAULES.
HEIN ?
SUR MES ÉPAULES ?

JE SUIS FATIGUÉ MAIS JE N'AI PAS LE TEMPS DE ME REPOSER.
SI TU ME PRENDS SUR TES ÉPAULES, ON POURRA CONTINUER À CHERCHER.
EUH...
TU CROIS QUE C'EST ÇA SUIVRE L'EXEMPLE DE TON FRÈRE ?!
TU M'EXPLIQUES EN QUOI ÇA MONTRERAIT TES COMPÉTENCES ?
ALLEZ, DU NERF !
ON N'AVANCE PAS, LÀ !
Pof
ÇA SUFFIT !
JE DOIS... ME REPOSER...
AH !
QUOI ?!
TRBLL
TU PEUX DIRE CE QUE TU VEUX...
MAIS MOI, JE NE PEUX PLUS TE PORTER !
TSSS...
TU N'AS PAS BEAUCOUP DE FORCE POUR QUELQU'UN DE TON GABARIT !
PAS LA PEINE D'EN RAJOUTER, OK ?!

IL FAUT QUE JE TROUVE SON FRÈRE RAPIDEMENT !
DIS, TU NE POURRAIS PAS M'EN DIRE UN PEU PLUS SUR TON FRÈRE ? ÇA POURRAIT NOUS AIDER...
DIS-MOI AU MOINS EN QUELLE ANNÉE IL EST...
L'ÉCOLE EST GRANDE, TU SAIS, ET JE N'EN PEUX PLUS D'ERRER DANS TOUT LE CAMPUS COMME ÇA...
Y EN A TANT QUE ÇA, DES BÂTIMENTS POUR LES CLASSES B ?
...
CLASSE B... ?
HEIN ?!
BEN NON, J'AI JAMAIS DIT QU'IL Y ÉTAIT...
TON FRÈRE N'EST PAS EN L ?!
Ton condescendant
MON FRÈRE EST QUELQU'UN D'EXCEPTIONNEL...
PFFF
...
QU'IL EST ARROGANT, CE MÔME !
IL NE POUVAIT ÊTRE QU'EN CLASSE B !
IDIOTE !
J'AURAIS JURÉ QUE C'ÉTAIT LE PETIT FRÈRE D'UN DE CES FRIQUÉS DE L...
PRÉJUGÉ

EUH...
OÙ SONT LEURS BÂTIMENTS ?
PAR LÀ...
OKAY !
VITE !
Dassh
AH !
ATTENDS, RIO !
CONSIDÉREZ...
QUE SE VOIR CONFIER LA GESTION DE L'ARGENTERIE, QUI SE TRANSMET DE GÉNÉRATION EN GÉNÉRATION, EST UN VÉRITABLE HONNEUR.
Blah
Blah
Blah
Blah
N'OUBLIEZ JAMAIS DE LEUR ACCORDER DE L'IMPORTANCE...
ET ASTIQUEZ AVEC AMOUR CHACUNE DE CES PIÈCES !
FIOUP
QUI PLUS EST...
OUI... ON A DÉJÀ VU TOUT ÇA...
C'EST LA PREMIÈRE FOIS QUE JE VOIS LES B EN PLEIN COURS...
ÇA SE PASSE DONC COMME ÇA...
OH !

HAKUÔ !
HÉÉ !
JE VEUX VOIR AUSSI !
LAISSE-MOI MONTER SUR TON DOS !
Tsop
OK, OK...
Ta Tap
HIMURA ?
QU'EST-CE QUE TU FAIS ICI ?
HAYATO...
HAYA-TOOOO !

FIOUP
FIOUP
ÇA FAIT SI LONG-TEMPS !
TU VAS BIEN ?
...
AAAH ! QUE...
QU'EST-CE QUE TU FAIS ICI, MINI-POUSS ?!
HEIN ?
...
Smile
QUELLE QU'EN SOIT LA RAISON...
AURAIS-TU PERDU TOUT SENS COMMUN POUR UTILISER UNE DEMOISELLE EN GUISE DE MARCHEPIED...
GASP...
IORI !
MINI-POUSS ?
ALLEZ...
DESCENDS VITE...
HEIN ?!
MAIS J'AI PAS ENCORE VU À L'INTÉRIEUR !
MINI-POUSS... ?
...
MH... MAIS QUE... ?
HEIN ?!
EST-CE QUE... ?
BON, D'ACCORD !
Tchok
KLOOT

AH !
OUPS !
QUE...
Kyaaaaaaah !
...
J'AURAIS JURÉ QUE...
Blah
Blah
HIMURA !
ÇA VA ?
À VOTRE AVIS ?!
AÏE AÏE AÏE !
VLAM

?!
HIMURA !
Tchop
... !
QU'EST-CE QUI SE PASSE ?!
GRAND FRÈRE !
JE T'AI ENFIN RETROUVÉ !
...
HEIN... ?
...

RIO... ?!
...
...
A SERVI DE TREMPLIN...
T'ES VIVANT ?
QUOIIIIIII ?!
JE SUIS DÉSOLÉ...
J'AI L'IMPRESSION QUE RIO T'A CAUSÉ DES PROBLÈMES...
...
NON, NON... PAS DU TOUT ! NE T'INQUIÈTE PAS...
JE SAVAIS BIEN QU'IL ME RAPPELAIT QUELQU'UN...
BON, RIO...
SI TU TENAIS ABSOLUMENT À ME VOIR...
...
ILS SE RESSEMBLENT COMME DEUX GOUTTES D'EAU...
COMMENT J'AI PU PASSER À CÔTÉ ?

AH, ÇA DOIT ÊTRE KIRYÛ...
...
TSSS...
RIOO-00000-0000-!
IL FALLAIT AU MOINS ME FAIRE PASSER UN MESSAGE !
GYA-AAA-AAA !
NE VOUS INQUIÉTEZ PAS...
KIRYÛ... !
MINIPOUSS EST PAR ICI !
Abattu
...
BON, D'ACCORD...
OUI.
ESSAIE JUSTE DE RÉFLÉCHIR AVANT D'AGIR LA PROCHAINE FOIS.
D'ACCORD !
WOW...
HAKUÔ...
MAIS TU SAIS QUOI ?
AVOIR EU LE COURAGE D'AVOIR FAIT ÇA EST TOUT À TON HONNEUR.
C'EST VRAI ?
C'EST QUOI, TON LIVRE ?
IL RÉAGIT VRAIMENT EN GRAND FRÈRE...

OH ! C'EST VRAI ?
OUI.
ON A AUSSI UNE GRANDE SŒUR...
QUOI ?!
JE PENSAIS QUE TU N'AVAIS QU'UN FRÈRE...
UNE SŒUR...
JE ME DEMANDE À QUOI ELLE RESSEMBLE...
QU'EST-CE DONC ?
HA HA HA !
Belle et célèbre...
Ressemble-t-elle à Hakuô ?
ELLE N'EST PAS COMME ÇA...
HEIN ? BEN, COMMENT TU SAIS CE QUE J'EN PENSE ?
...
JE LE SAIS, C'EST TOUT.
TU FAISAIS UNE DRÔLE DE TÊTE...
DIS, GRAND FRÈRE... RYÔ ET TOI, VOUS ÊTES AMIS ?
RYÔ... ?
BEN, ELLE S'APPELLE BIEN COMME ÇA, NON ?
OUI, C'EST VRAI...
MAIS JE NE ME PERMETS PAS UNE TELLE FAMILIARITÉ AVEC ELLE...

Smile
OH, DU JUS DE FRUITS !
...
VAS-Y, SERS-TOI.
JE SUIS SÛR QUE HAKUÔ AIMERAIT T'APPELER PAR TON PRÉNOM AUSSI...
QU'EN PENSERAIS-TU ?
TU CROIS ?
BAH, MOI, ÇA M'EST ÉGAL...
VOUS AVEZ FINI VOS MESSES BASSES, VOUS DEUX ?!
HAYATO !
ALORS, CALMEZ-VOUS...
HIMURA ME CONVIENT PARFAITEMENT...
...
VRAIMENT ? BON, D'ACCORD...
TU AS MIS UN PEU TROP DE SUCRE...
MHH
...
ET TU ES TOUT ROUGE... TU ES SÛR QUE ÇA VA ?
TU ES MALADE ?
C'EST BON, LAISSE TOMBER MAINTENANT, OK ?!
JE CROIS QUE J'AI COMPRIS !
Tchop
GRAND FRÈRE...
HIMURA EST...

MH ?
HIMURA...
TON UNIFORME ! QU'EST-CE QU'IL A ?
Serr
OH, C'EST RIEN...
NON, CE N'EST PAS RIEN !
...
FAIS VOIR TES MAINS !
POURQUOI TU RÉAGIS COMME ÇA AVEC ELLE ?!
C'EST PAS...
C'EST NORMAL...
PUISQUE JE SUIS SON MAJORDOME ATTITRÉ.

...
SON MAJORDOME...
C'EST TON MAJORDOME ?!
ÇA VEUT DIRE QUE MON FRÈRE T'EST ENTIÈREMENT DÉVOUÉ ?!
HEIN... ?
MAIS NON... ENFIN...
C'EST PAS COMME ÇA QUE... NON !
C'EST PAS DU TOUT CE QUE TU POURRAIS CROIRE !
MAIS ÇA NE DEVRAIT PAS !
TU AVAIS DIT QUE TU NE VOULAIS PAS ÊTRE UN MAJORDOME ATTITRÉ !
...
QUE TU VOULAIS ENTRER DANS LA CLASSE B UNIQUEMENT POUR PROUVER TA PROPRE VALEUR !
...
C'EST COMME ÇA ET C'EST TOUT.

C'EST EXACT.
ET ÊTRE LE MAJORDOME EXCLUSIF DE HIMURA M'AIDE À LE FAIRE.
QUOI ?
QU'EST-CE QUE TU VEUX DIRE PAR LÀ ?
...
TU SAIS QUE TU ES FATIGANT, HAKUÔ...
QUOI ? TANT QUE ÇA ?
HIMURA, SI TU ME DIS ÇA...
C'EST QUE JE DOIS FAIRE ENCORE PLUS D'EFFORTS...
OH...
MINI-POUSS...
PAS LA PEINE, ÇA IRA...
TU AS MIEUX À FAIRE POUR L'INSTANT.
...
JE NE PEUX QUE DÉSAPPROUVER CE COMPORTEMENT...
COMMENT TU PEUX FAIRE ÇA ?!
C'EST SI IMPORTANT POUR TOI DE T'OCCUPER D'ELLE ?!
ELLE NE T'ARRIVE PAS À LA CHEVILLE...
ALORS, POURQUOI ?!

POURQUOI ELLE ET ELLE SEULE... ?
DIRE QUE J'ÉTUDIAIS DE TOUTES MES FORCES POUR SUIVRE TON EXEMPLE !
...
TATATAP
AH !
RIO !
LAISSE...
IL EST TOUJOURS COMME ÇA.
NON !
CE N'EST PAS BIEN !
Tourn
C'EST VRAI...
ESSAIE, HIMURA.
PEUT-ÊTRE QUE TU Y ARRIVERAS.

MH...
RIO...
AH LÀ LÀ...
IL AVAIT TELLEMENT ENVIE...
DE VOIR SON FRÈRE...
...
DIRE QUE JE SUIS VENU POUR LUI...
POUR-QUOI ?
POUR-QUOI...

...
wuuuuu
...!
Flip
wuuuuu
wuuuuu
MA PHOTO !
ATTENDS, RIO !
JE VAIS TE LA CHER-CHER !
Daash

HEIN ?
HO HISSE !
ÇA Y EST !
ぱしっ
TChop
JE L'Aiiii !
...
TIENS.
C'EST UNE BELLE PHOTO.
AH !
... !
ぱっ
TChop
JE SAIS !
ELLE EST TRÈS IM-PORTANTE POUR MOI...

PARCE QUE JE N'EN AI QU'UNE SEULE...
AVEC TOUT LE MONDE.
SA FAMILLE AU COMPLET...
C'EST VRAI ?
TU N'EN AS QU'UNE ?!
BEN OUI...
MES PARENTS NE SONT PAS TRÈS DISPONIBLES...
C'EST POUR ÇA...
QU'À L'HEURE DES REPAS OU DES DEVOIRS...
C'ÉTAIT TOUJOURS MON FRÈRE QUI VEILLAIT SUR MOI.
MÊME QUAND IL ÉTAIT TRÈS OCCUPÉ, IL PRENAIT TOUJOURS DU TEMPS POUR MOI !
JE VOIS CE QUE TU VEUX DIRE...
IL N'A PAS CHANGÉ...
C'EST TOUJOURS LE MÊME HAKUÔ...

...
QUE CE SOIT POUR LUI OU POUR LES AUTRES...
IL N'EST PAS DU GENRE À PRENDRE À LA LÉGÈRE CE QU'IL FAIT...
ET ÇA FAIT DE LUI...
UNE PERSONNE EXCEPTION-NELLE.
...
C'EST VRAI...
IL ÉTAIT TOUJOURS LÀ POUR MOI...
JOUR ET NUIT...
MÊME POUR LE BAIN, IL...
Tchop
SUFFIT !

...
TSSS...
SÉRIEU-SEMENT...
TU ES FATIGANT, RIO...
CE N'EST PAS LA PEINE DE DONNER TOUS LES DÉTAILS...
TU VIENS ME VOIR SANS PRÉVENIR ET TU TE SAUVES TOUT AUSSI SUBITEMENT...
POURQUOI N'ES-TU PAS PLUS PATIENT ?
MAIS...
AUJOURD'HUI, C'EST... C'EST...
C'EST TON ANNIVERSAIRE.
JE SAIS. JE N'AI PAS OUBLIÉ...
JOYEUX ANNIVERSAIRE, PETIT FRÈRE...
TU AS 10 ANS...

...
SON ANNIVERSAIRE ?!
TADAAM
C'ÉTAIT DONC ÇA !
ALORS, IL FAUT FAIRE UNE GRANDE FÊTE !
Daassh
HIMURA...
...
...
ELLE A CASSÉ L'AMBIANCE, LÀ...
CE N'EST PAS GRAND-CHOSE, MAIS J'AI FAIT DE MON MIEUX !
...
C'EST QUOI TOUT ÇA ?
QUE... ?
ALLEZ !
TOUT LE MONDE ATTEND !

ATTEN-
TION...
JOYEUX...
ANNIVER-
SAIIIIIRE
!
Pop
...
POULET
GRILLÉ AU
CHOCOLAT...
ET DIVERS
PETITS ACCOMPA-
GNEMENTS...
DÉSOLÉE
POUR LE
DÉRANGEMENT,
CHEF HANA-
ZONO
!
MAIS NON,
VOYONS !
VOUS ÊTES
LES BIEN-
VENUS
!
ÇA, C'EST
DE LA PART
DU CLUB DE
CUISINE...
HEIN
?
JE
T'EN
PRIE...
HAKUÔ.
TU SERS DE
GOÛTEUR.
POUR-
QUOI
MOI
?

DEUX FRÈRES QUI DÉTESTENT LES LÉGUMES
JE N'EN VEUX PAS NON PLUS...
...
ILS ONT DIT QUE C'ÉTAIT UN CAKE AUX LÉGUMES...
JE VOIS...
GRAND FRÈRE, JE N'EN MANGERAI QUE SI TU EN MANGES.
À TOI DE JOUER !
TSSS...
...
...
BRAVO, HAKUÔ !
NE ME TRAITE PAS COMME UN GAMIN !
SURTOUT POUR UN CAKE...
...
POURQUOI TU RIGOLES ?
HA HA HA
C'EST CLAIR...
VOUS NE POUVEZ PAS VOUS RENIER TOUS LES DEUX...
AAAH !
JE LE SAVAIS, RYÔ ! TU FAIS DU GRINGUE À MON FRÈRE !
BWOOF
EUH... C'EST PAS ÇA, FAIRE DU GRINGUE, RIO...
HEIN ?
JE NE M'IMMISCERAI PAS ENTRE TON FRÈRE ET TOI...
Flaash
Photos volées
AH...
TROP BELLE !
CES DEUX FRÈRES S'AIMENT VRAIMENT BEAUCOUP !
...

VIENS, ON VA EN PRENDRE D'AUTRES !
TIENS.
PRENDS-LA... C'EST POUR TOI.
OOOH !
QUOI ?
するっ
Fwoof
WAAAH !
J'AVAIS L'INTENTION DE TE L'ENVOYER...
TU COLLECTIONNES TOUJOURS LES NOUNOURS, NON ?
C'EST VRAI ?!
INATTENDU...
IL EST SUPERBE !

MERCI...
HAKUÔ !
AH !
TIENS ?
PLUS DE "GRAND FRÈRE" ?
HAYATO, IORI, TAI-SEZ-VOUS !
C'EST UN SECRET, COMPRIS ?!
OK, OK !
HEIN ?
IL M'APPELLE TOUJOURS "GRAND FRÈRE" DEVANT LES AUTRES...
QU'IL L'AIT OUBLIÉ MONTRE QU'IL EST VRAIMENT TRÈS HEU-REUX...
AUCUN DES ENFANTS KANZAWA...
NE S'ADONNE AUX FAMILIARITÉS NI MÊME NE LES CONNAÎT.

...
HAKUÔ...
HAKUÔ...
UNE PHOTO !
NON, JE NE DOIS PAS...
C'EST VRAI, JE PEUX ?
OKAY, ALORS... HAKUÔ...
PAS LA PEINE DE TE REPRENDRE, RIO. "HAKUÔ" SERA PARFAIT...
...
TU AS COMPRIS, HEIN ?
CETTE FOIS, TU RENTRES À LA MAISON, D'ACCORD ?
OUI !
QUOI ?
UN GÂTEAU AU FOIE GRAS ?
T'AS FAIT ÇA ?

PITIÉ, NE M'EN PARLE PAS...
TU AS VRAIMENT GOÛTÉ, HAYATO ?
NE T'EN FAIS PAS, IL A L'HABITUDE.
RYÔ...
...
Tourn
NE CRÉE PAS DE PROBLÈMES À MON FRÈRE, D'ACCORD ?
BIEN SÛR QUE NON !
JE TE LE PROMETS !
AH, ET AUSSI...
MERCI.
...

Frot Frot
T'ES VRAIMENT TROP MIGNON !
RAAH !
JE T'AI DÉJÀ DIT DE NE PAS ME TRAITER COMME UN GAMIN !
C'EST NOUVEAU ÇA...
MINI-POUSS QUI REMERCIE QUELQU'UN...
HÉÉ !
ÇA SUFFIT MAINTENANT !
ALLEZ, VIENS...
RIO...
Tchop
HEIN ?
T'ES D'ACCORD ?
ÇA FAIT LONGTEMPS QU'ON NE L'A PAS FAIT.

WAH !
IL L'A MIS SUR SES ÉPAULES AVEC UNE TELLE FACILITÉ !
MOI, J'AVAIS LES ÉPAULES BROYÉES QUAND JE LE PORTAIS...
Fiix
HA HA HA !
QU'EST-CE QU'IL Y A ?
HEIN ?
RIEN. TU FAIS TRÈS "HOMME" COMME ÇA...
...
COMMENT ÇA, JE "FAIS" ?
C'EST PÉJORATIF...
JE "SUIS" UN HOMME !

...
TSSS... JE NE VOIS PAS CE QUE ÇA A DE SURPRENANT...
MH ?
C'EST VRAI...
IL A RAISON...
EN FAIT...
JE LE SAIS, MAIS QUAND MÊME...
KRIIIII
VLAM
RIOOO-OOOOO-OOOO-OOO !
TAP
TAP
TAP
TAP
TAP
AH !
SI TU SAVAIS À QUEL POINT JE ME SUIS INQUIÉTÉ POUR TOI !
RAAAH, DIEU MERCI, TU N'AS RIEN !
MAIS ARRÊTEZ, VOYONS !
DU CALME, KIRYÔ...
ÉGAL À LUI-MÊME...
COMME KIRYÔ...
...

AU REVOIR, RYÔ ! JE REVIENDRAI !
BIEN SÛR, TU VIENS QUAND TU VEUX.
HÉÉ !
VROOOOM
À BIENTÔT, GRAND FRÈRE !
INUTILE D'EN REMETTRE UNE COUCHE, D'ACCORD ?
HEIN ? TU SAIS...
AUJOURD'HUI, J'AI DÉCOUVERT UN HAKUÔ QUE JE NE CONNAISSAIS PAS...
ET ÇA ME DONNE ENVIE
DE TE CONNAÎTRE ENCORE MIEUX.
ALORS...
À PARTIR DE DEMAIN...

JE SERAI ENCORE PLUS PRÉSENTE À TES CÔTÉS...
...
QU'EST-CE QUE TU VEUX SAVOIR ?
EH BIEN...
POUR COMMENCER, COMBIEN MESURES-TU ET DE QUEL GROUPE SANGUIN ES-TU ?
JE VEUX EN SAVOIR PLUS SUR TOI...
POUR NE PAS ME SENTIR RIDICULE...
TU VEUX COMMENCER PAR CE GENRE DE DÉTAILS ?
HEIN ?
ÇA Y EST, IL BOUDE ENCORE...
EH OUI.
HEIN ? MAIS POURQUOI ?
EN FACE D'UN GAMIN DE 10 ANS.
CHAPITRE 6 - FIN

LE MATIN
JE SUIS FATIGUÉ !
BONJOUR, C'EST KIRYÛ.
BWAHAHA
Poomp
LE SOIR
ÉPuisé
C'EST TOUJOURS KIRYÛ...
Courage, Kiryû...

CHAPITRE 7
Lady and Butler

Recherche un majordome !

Depuis que j'ai commencé à dessiner ce manga, j'ai l'impression d'être devenue plus réceptive à la question des majordomes ou aux gens qui y font penser. Surtout quand je regarde la télé ! Quand j'y vois des gens riches ou simplement leur maison, je me demande toujours si on va voir un majordome...

Un jour, en regardant un film, j'en ai vu un ! C'était dans "Batman Begins" ! Un vieux majordome qui vivait pour servir son maître avec diligence ! Ça m'a fait sourire et pour tout dire c'est pour lui que j'ai continué à regarder le film.

Chercher des majordomes dans les films est un exercice assez amusant. Je me demande s'il y en a d'autres...

ÇA, TU N'OUBLIES JAMAIS, N'EST-CE PAS ?
NON...
ELLE M'EST TROP PRÉCIEUSE POUR QUE J'OUBLIE.
C'EST POUR QU'ELLE NE S'EN-CRASSE PAS.
TU LE SAIS TRÈS BIEN, HAYATO.
C'EST VRAI.
TChop
ひょいっ
TU AS ENTRAÎNEMENT DE TIR À L'ARC, CE MATIN ?
ALORS ? TU N'AVAIS PAS QUELQUE CHOSE À FAIRE ?
SI !
AH OUI, C'EST VRAI !
JE VOULAIS SAVOIR QUELLE HEURE IL ÉTAIT !
AAAH ! IL EST DÉJÀ CETTE HEURE-LÀ ?!
Crass
Crass
...
SI JE NE ME CHANGE PAS VITE, JE SERAI EN RETARD !

Tchop
MERCI !
À PLUS !
ATTENDS UNE MINUTE...
HAYATO...
Traces de doigts...
POURQUOI AS-TU FAIT ÇA, ALORS QUE JE VENAIS JUSTE DE L'ASTIQUER ?
BEN QUOI ?
JE NE L'AI EMPRUNTÉE QUE QUELQUES SECONDES...
TU NE CROIS QUAND MÊME PAS QUE J'AI EU LE TEMPS DE LA SALIR ?!
TU NE FAIS VRAIMENT ATTENTION À RIEN !
ON NE PEUT PAS COMPTER SUR TOI !
QU'EST-CE QU'ILS ONT ?
MOI ? JE NE FAIS ATTENTION À RIEN ?!
Blah
Blah
OUI, JE TE L'AI DÉJÀ DIT AU MOINS 20 FOIS...
QUOI ?!
MAIS TA CAPACITÉ D'APPRENTISSAGE EST NULLE, HAYATO !
NULLE ?
...
GROMPF
ET TOI, T'ES TROP TÂTILLON !
GROMPF
TU NE PEUX PAS LAISSER COULER POUR UNE FOIS ?!
TÂTILLON ?
CHOISIS MIEUX TES TERMES...
GROMPF
JE TE RAPPELLE QUE TU AS LA SENSIBILITÉ D'UN OURS DES CAVERNES...
POUR LE COMMUN DES MORTELS, JE SUIS PERÇU COMME QUELQU'UN DE NORMAL, JE TE SIGNALE...
GRR
GRR
GRR
Tchop
T'AS UN SALE CARACTÈRE !

MA PATIENCE A DES LIMITES !
OUI...
VRAIMENT !
...
QU'EST-CE QUI SE PASSE ?
AUCUNE IDÉE...
ÇA COMMENCE À M'AGACER...
C'EST AINSI...
QUE COMMENCA LE CONFLIT ENTRE EUX.
POUSS
MESDEMOISELLES...
UN PEU DE DARJEELING FRAÎCHEMENT PRÉPARÉ ?
À MOINS QUE VOUS NE PRÉFÉRIEZ UN DES DERNIERS CEYLAN QU'ON VIENT DE RECEVOIR... ?
POUSS

ZOOF
JE VOUS RECOMMANDE VRAIMENT CELUI-CI...
CELUI-LÀ EST EXTRÊMEMENT RARE !
MH ?
EUH...
EH BIEN... NOUS PRENDRONS DONC LES DEUX...
...
GZZT GZZT GZZT
ばちばちばち
EUH...
MATCH NUL ?
OUI, ON DIRAIT.
Tourn
KAORUKO...
TU NE LES TROUVES PAS BIZARRES ?
SI, MAIS TELLEMENT DRÔLES !
HA HA HA !
DRÔLES ?!
ILS NE SONT PAS VENU MANGER MIDI...
ILS DEVAIENT ÊTRE EN TRAIN DE SE DISPUTER...
MH...
ENTRE LE PRINCE SOURIRE ET LE PRÉTENDANT AU TRÔNE DE BIG BROTHER, RIEN NE VA PLUS...
C'EST UNE BLAGUE...
OH, KAORUKO...
MH ?
...
HEIN ?
LE PRINCE SOURIRE ET BIG BROTHER... ? QU'EST-CE QUE... ?
OH, REGARDEZ !
OUI, JE PARLAIS DE IORI ET HAYATO... ♡

IORI EST PARFAIT, NON ?
BON ANNIVERSAIRE...
IL A TOUJOURS LE SOURIRE, DES MANIÈRES IMPECCABLES ET DISTINGUÉES...
OOH ! MON GÂTEAU PRÉFÉRÉ ! TU T'EN SOUVENAIS ?!
WOW !
COMME C'EST PLAISANT D'ÊTRE L'OBJET D'ATTENTIONS AUSSI DÉLICATES !
JE ME DEMANDE SI J'AURAI DROIT AU MÊME TRAITEMENT AVEC SA FAMEUSE CUISINE MAISON...
AH... MOI AUSSI...
Kyaaah
AAH, MOI, J'AI UN FAIBLE POUR HAYATO...
IL EST DOUÉ POUR TOUS LES ARTS MARTIAUX...
IL EST PASSIONNÉ, CHALEUREUX ET ON PEUT COMPTER SUR LUI.
HAYATO, TU M'AVAIS ENTENDU ?
TOUJOURS...
PRENDS TON TEMPS POUR SAVOURER CE THÉ.
MH ? ET MOI, JE PEUX ?
C'EST TRÈS AGRÉABLE DE L'AVOIR À SES CÔTÉS.

QUAND IL ARBORE CE SOURIRE FRAIS ET ATTACHANT...
TOUS LES PETITS MAUX DU QUOTIDIEN S'ÉVANOUISSENT...
C'EST VRAI.
Kyaah Kyaah
ILS ONT VRAIMENT LA COTE, TOUS LES DEUX.
OUI... ILS ONT MÊME UN VRAI FAN CLUB.
UN FAN CLUB ? SÉRIEUX ?!
QUOI QU'ON EN DISE, LEUR CHARME VIENT AUSSI...
DU DÉVOUEMENT ABSOLU QU'ILS ONT ENVERS HAKUÔ...
HA HA HA !
MH... TU AS TOUT À FAIT RAISON KAORUKO !
Blah Blah
C'EST MÊME CE QUI LES MET EN PERMANENCE EN COMPÉTITION.
PLUS QUE 10 SECONDES !
12 SECONDES !
ばば ばばばば
Ta Ta Ta Ta Ta Ta
SI TU DÉPASSES LE TEMPS FIXÉ, TU AURAS PERDU. TU COMPRENDS ?
MH... À QUOI ILS JOUENT EXACTEMENT ?
7 SECONDES ET DEMIE !
HUM...
10 SECONDES !
RIDICULE, CETTE HISTOIRE DE DEMI-SECONDE !
ON DIRAIT QU'ILS CHERCHENT À SAVOIR QUI A LE PLUS LA NOTION DU TEMPS QUI PASSE...
À PARTIR DU MOMENT OÙ LE THÉ AURA ASSEZ INFUSÉ.
C'EST POUR ÇA QU'ILS FONT UN CONCOURS POUR SAVOIR QUI SERVIRA LE THÉ LE PLUS RAPIDEMENT...

Blah
Blah
Blah
C'EST PAS NORMAL !
TU AS PRIS 2 SECONDES D'AVANCE !
TSS...
PLEURNICHER POUR UN ÉCART DE 2 SECONDES ET DEMIE TE RESSEMBLE BIEN...
T'ES SÛR QU'ILS SONT ENCORE AMIS ?
BEN...
ÇA RESSEMBLE...
À UNE SIMPLE DISPUTE, NON ?
J'AURAIS DÉPASSÉ LE TEMPS DE 2 SECONDES ET DEMIE... ?
TRÈS EXACTEMENT.
AH LÀ LÀ...
ON DIRAIT QUE NOS DEUX AMIS VONT ENCORE SAUTER LE DÉJEUNER...
ENCORE ? TU CROIS QU'ILS VONT BIEN ?
ÇA FAIT DÉJÀ TROIS JOURS...
NE T'EN FAIS PAS.
ILS SE DISPUTENT COMME LE FERAIENT DEUX FRÈRES...

ILS FAISAIENT DÉJÀ ÇA...
QUAND ILS ÉTAIENT PLUS JEUNES POUR PASSER LE TEMPS...
IL LUI FAUT UN MOTIF CAMOUFLAGE !
HAKUÔ AIME BIEN LES CHOSES RÉALISTES !
Dzoot
Iori, 8 ans
FABRICATION D'UNE MAQUETTE POUR HAKUÔ
Hayato, 8 ans
N'IMPORTE QUOI ! C'EST EN VERT QU'IL FAUT LA PEINDRE !
HAKUÔ AIME CE QUI EST SIMPLE...
C'EST TON VISAG QUE JE VAI REPEINDRE EN VERT !
Tchop
Serr
ET LE TIEN NE VA PAS TARDER À RESSEMBLER À LA SAVANE !
Hakuô, 7 ans
ÇA SUFFIT !
VOUS FAITES TROP DE BRUIT !
EH BEN...
...
ILS NE SONT JAMAIS ALLÉS AUSSI LOIN...
MAIS JE PENSE QU'EN LES LAISSANT GÉRER LE PROBLÈME, ÇA FINIRA PAR S'ARRANGER.
...

OK, SI TU LE DIS...
C'EST POUR LES PLATEAUX-REPAS DE IORI QUE C'EST DOMMAGE...
HEIN ?
C'EST POUR ÇA QUE TU T'INQUIÈTES, EN FAIT ?
LES MIENS NE TE CONVIENNENT PAS... ?
... !
HAKUÔ ! TU NOUS AS FAIT À MANGER ?!
C'EST TROP BEAU !
HÉ OUI...
...
TU SAIS QUOI ? EN FAIT, MOI AUSSI !
C'EST ÉNORME !
TADAAM
ON A TOUS LES DEUX EU LA MÊME IDÉE...

C'EST SYMPA AUSSI DE NE MANGER QU'AVEC TOI DE TEMPS EN TEMPS...
MH, CE N'EST PLUS DE TEMPS EN TEMPS, EN CE MOMENT...
C'EST VRAI ! MAIS C'EST TRÈS AGRÉABLE AUSSI QUAND JE MANGE AVEC VOUS TROIS.
CE SONT DES MOMENTS OÙ JE ME SENS BIEN.
ALORS...
ENFIN BON...
...
OUI.
J'AIMERAIS BIEN QU'ILS SE RÉCONCILIENT RAPIDEMENT...
MH...
PUISQUE TU LE DIS...
Stok

Smaaassh
YOSH !
Tsop
FWOOP
TU AS VU, IORI ?
MON SUPER SMASH !
すぽっ
Tchomp
PIIK
PANIER À 3 POINTS !
CLAP
TU LE SAIS, NON ?
UN SMASH, C'EST 2 POINTS, ALORS QUE LÀ, J'AI MARQUÉ UN PANIER À 3 POINTS...
TU AURAIS PU ME CONTRER D'AILLEURS...
CLAP
...
RAAAH !
BEAU PARLEUR !
BEAU PARLEUR ?
SI TU FAIS ALLUSION À MA MANIÈRE DE PARLER, C'EST REGRET-TABLE...
Tsof
MAIS SI TU SOUS-ENTENDS QUE TU NE M'AR-RIVES PAS À LA CHEVILLE POUR CE QUI EST DE MANIPULER LA LANGUE, ALORS, JE TE CONCÈDE LA CHOSE.
...

ÉVOLUTION DES PERSONNAGES

• Hayato •

De bonne composition et peu méticuleux
> Simple mais fougueux
> Une nature admirable mais aussi un excellent majordome sur qui on peut compter.

Hayato se voit peu à peu préposé au rôle du pitre...

Je pense que je n'aurai plus très souvent l'occasion de le dessiner avec un air sérieux.

Enfin, j'essaierai si je peux... Peut-être...

EUH... ELLE A DIT : "PEUT-ÊTRE" ?

• Iori •

Tranquille mais un peu effrayant...
> Cool mais sombre.
> Des manières distinguées, un sourire élégant, le parfait majordome, qui doit son excellente réputation à ses talents de cuisinier.

Son côté sombre est progressivement souligné. Dans les lettres que je reçois, on le classe bien sûr parmi les personnages sexy.

Ça va être intéressant de voir comment il va évoluer.

Smile

TAP TAP TAP TAP TAP TAP
PARCE QUE PERDRE SERA ENCORE PLUS PITOYABLE POUR TOI !
QUI A DIT QUE J'ALLAIS PERDRE ?!
DÔKE ! KANUKA ! VOUS DEVRIEZ ÊTRE EN COURS !
BONNE CHANCE, IORI !
VAS-Y, HAYATO !
OH, C'EST RIGOLO !
...
Grompf
AH LÀ LÀ...
DE VRAIS GAMINS...
ILS EN SONT TOUJOURS AU MÊME POINT...
HAKUÔ...
LE GAMIN...
Tsop
RAAH !
C'EST LUI !
RAAH !
ILS M'ONT ENTENDU ?
QUELLE HARMONIE !
C'EST FOU, ÇA !
QUEL EST LE SCORE ?
89 PARTOUT, ON EST EX AEQUO.
TU N'ARRIVES MÊME PAS À T'EN SOUVENIR ?
OK, ALORS, C'EST MAINTENANT QUE ÇA SE JOUE !
LA FERME !
Tourn

IORI... PLUS JE LE VOIS DE PRÈS, ET PLUS JE LE TROUVE PARFAIT.
AAAH...
QU'EST-CE QUE TU DIS ?! C'EST HAYATO QUI EST PARFAIT !
NON, C'EST IORI !
GRRRR
HAYATO !
AH ?!
MÊME LES FANS S'Y METTENT !
ÇA ME FAIT PENSER À UNE COMPÉTITION POUR DEVENIR LE CHEF D'UN CLAN...
QUE DE PASSION ILS DÉCHAÎNENT !
QUOI ?!
MAIS ARRÊTE ! C'EST UN VRAI PROBLÈME !
ILS N'ONT VRAIMENT RIEN D'AUTRE À FAIRE ?!
C'EST CLAIR !
VIVEMENT QU'ILS SE RÉCONCILIENT !
IORI !
HAYATO !
EUH...
HAKUÔ...
OH LÀ LÀ... ÇA ATTEINT TOUT LE MONDE !
IORI !
HAYATO !
LAISSONS-LES JUSQU'À CE QU'ILS SE CALMENT.
ILS FINIRONT BIEN PAR REDEVENIR LA PAIRE DE JOYEUX DRILLES QU'ILS ÉTAIENT AVANT...
MAIS...
LA PAIRE DE JOYEUX DRILLES ?

JE VEUX QU'ILS SE RÉCONCILIENT TRÈS VITE !
PARCE QUE...
TU AS L'AIR SI INQUIET QUAND ILS SONT COMME ÇA...
HAKUÔ...
JE ME TROMPE... ?
Fiix
...
MMH...
SI TU LE DIS...
ALORS, JE VAIS FAIRE DES EFFORTS.
TU NE VERRAS PLUS...
CETTE EXPRESSION SUR MON VISAGE.

…!
MERCI !
Tchoop
JE PEUX VRAIMENT COMPTER SUR TOI !
KBOM RAAH
ARRÊTE ÇA !
HEIN ? MAIS… DE QUOI TU PARLES ?
OUPS, PARDON ! JE T'AI FAIT MAL ?
NON, CE N'EST PAS CE QUE JE VEUX DIRE ! JE VEUX QUE TU ARRÊTES DE FAIRE CE GENRE DE CHOSES !
ÇA T'ARRIVE AUSSI…
HEIN ?
LAISSE TOMBER…
…
VOYONS CE QU'ON PEUT FAIRE…
C'EST PARCE QU'ILS N'ONT PAS D'ACTIVITÉ PARTICULIÈRE, EN CE MOMENT, QU'ILS EN SONT LÀ. ILS ONT BESOIN DE TUER LE TEMPS.

MH...
QUELQUE CHOSE QUI LES OCCUPE...
S'IL SUFFIT DE ÇA POUR RÉGLER LE PROBLÈME...
PARDON ?
TU M'AS BIEN DIT...
QUE TU ALLAIS FAIRE DES EFFORTS, HEIN ?
...
OUI MAIS...
MMH... JE LE SENS MAL, LÀ...
ざわ Blah
ざわ Blah
ざわ Blah
COURSE DANS LE PARC
L'ACADÉMIE SÔSEIKAN
ET VOILÀ !
ざわ Blah

ざわ ざわ
Blah Blah
FLAP
SE DANS LE PARC DE L'ACADÉMIE SÔSEIKAN
DÉPART & ARRIVÉE
COMME ÇA, LA VICTOIRE SERA CLAIRE...
ET ÇA SERA SANS AMBIGUÏTÉ POUR VOUS COMME POUR VOS FANS.
J'ACCEPTE CE DÉFI...
C'EST EXACTEMENT CE QUE J'ESPÉRAIS...
MH... VOUS AVEZ L'INTENTION DE COURIR DANS CETTE TENUE ?
Fatigué
OUI ! À LA DEMANDE DE CES DEMOISELLES !
ON VA BIEN S'AMUSER !
RYÔ !
KYAH !
KYAH !
REGARDE, RYÔ...
CE QUE J'AI FABRIQUÉ ! ♡
CE SONT LES ÉVENTAILS DES FANS CLUBS. ♡
JE SUIS NEUTRE. ♡
HAYATO
IO
TU T'AMUSES VRAIMENT, HEIN, KAORUKO ?
IORI
IORI, HAYATO, BONNE CHANCE À TOUS LES DEUX ! ♡
Smile
MERCI.

PRÊT ?
TU NE PLEURNICHERAS PAS PARCE QUE TON BEL UNIFORME SERA MACULÉ DE BOUE ?
GZZ
くるっ
Tourn
GZZT
GZZT
PARLE POUR TOI, JE NE COURS PAS...
COMME UN BOURRIN, MOI !
ALLEZ, ALLEZ, C'EST PAS LE MOMENT !
VOUS ÊTES PRÊTS ?
Tsaa
Blah
Blah
ATTENTIOOON...
PRÊÊÊÊTS... ?
DAAASH
PARTEZ !
WAAH
POP
POP
Fiiix
JE DOIS DIRE...
QUE JE NE LES COMPRENDS PAS...

Daassh
CES FUTURS MAJORDOMES FONT BEAUCOUP DE BRUIT POUR PAS GRAND-CHOSE...
OUI...
DODOM
...
ET VOILÀ, C'EST PARTI ! LE DESTIN EST EN MARCHE !
TaTaTap
ÇA T'AMUSE AUSSI, EN FAIT...
...
MMH... MAIS ILS ONT L'AIR TELLEMENT SÉRIEUX...
ON NE PEUT PAS LES LAISSER TOMBER...
QUOI ? ALORS, VOUS AUSSI !
Blah
Blah
UNE BELLE RÉCOMPENSE ATTEND LE GAGNANT !
UNE RÉCOMPENSE ?
ILS N'EN ONT PAS PARLÉ AVANT...

Daassh
BAH, N'EN ESPÉRONS PAS TROP...
ILS ONT DISPARU EN UN CLIN D'ŒIL.
ILS SONT SI SÉRIEUX !
OOh !
SI VOUS LE DÉSIREZ, VOUS POUVEZ SUIVRE LES EXPLOITS DES PARTICIPANTS SUR CE GROS MONITEUR !
JE T'AURAI, SUR CETTE ÉPREUVE !
J'AI PLUS D'ENDURANCE QUE TOI.
CERTES, MAIS SEULEMENT SUR LES LONGUES DISTANCES.
CE N'EST PAS UNE COURSE SI ORDINAIRE !
COMME L'ANNONCE NOTRE BANDEROLE...
Slap
IL FAUT JUSTE FAIRE ATTENTION.
COOL !
QUEL INTÉRÊT AURAIT UNE COMPÉTITION OÙ LE GAGNANT SERAIT PRÉVISIBLE DÈS LE DÉPART ?
JE ME DISAIS LA MÊME CHOSE.
...
LE PREMIER CHALLENGE VA COMMENCER !

VOTRE DÉFI SERA DE RETROUVER LA VÉRITABLE ARGENTERIE...
AU MILIEU DE CETTE MONTAGNE DE COUVERTS ! POUR VOUS AIDER : VOS YEUX ET UNIQUEMENT EUX !
SOYEZ ATTENTIFS CAR CERTAINS DE CES COUVERTS SONT DE TRÈS BONNES IMITATIONS !
CETTE CUILLÈRE EST UNE CHRISTOFLE.
92,5 % D'ARGENT PUR, C'EST GRAVÉ DESSUS.
CE COUTEAU EST UN MALMAISON EMPIRE.
LA CUILLÈRE EST UNE MARLY ROCOCO.
Dassh
BONNE RÉPONSE ! BRAVO À TOUS LES DEUX !
WAOUH ! LES DEUX PARTICIPANTS ONT RÉUSSI LE PREMIER CHALLENGE SANS RENCONTRER DE DIFFICULTÉ PARTICULIÈRE !
HAYATO !
IORI !
C'EST BIEN DES ÉLÈVES DE CLASSE B, C'EST CLAIR !
COMMENTAIRES

BIEN ! NOUS ALLONS POUVOIR PASSER AU 2E CHALLENGE !
VOICI DIFFÉRENTS THÉS PARFUMÉS À LA POMME...
TADAAM
VOUS ALLEZ DEVOIR NOUS DONNER LA MARQUE DE CHACUN D'EUX !
DE DROITE À GAUCHE : MARIAGE SŒURS, FAUCHIN ET HARROLS.
EXACT !
IORI REMPORTE CETTE MANCHE !
IORIII ! KYAAH !
IORI
Dassh
C'ÉTAIT UNE BONNE QUESTION.
LES CARACTÉRISTIQUES D'UNE MARQUE DE THÉ NE SONT PAS ÉVIDENTES...
TSS...
JE DÉTESTE LES THÉS PARFUMÉS.

LE 3e CHALLENGE PORTERA SUR LE CIRAGE DE CHAUSSURES !
FINI !
FROOT
OH !
HAYATO REMPORTE CETTE MANCHE ! FÉLICITATIONS !
JE PENSAIS QU'IL FAL-LAIT FAIRE LA SEMELLE AUSSI...
ON NE NOUS EN A PAS DEMANDÉ AUTANT !
DANS UNE COMPÉTITION, ON ASTIQUE LE PLUS RAPIDEMENT POSSIBLE...
NOS DEUX PARTICIPANTS SONT POUR L'INSTANT À ÉGALITÉ.
RIEN N'EST ENCORE JOUÉ !
EN PLACE POUR LE DERNIER CHALLENGE !
C'EST QUOI ?
Blah
Blah
IL S'AGIT DU JEU DE L'EMPRUNT !
LE JEU DE L'EMPRUNT ?
...
TU T'ES PRISE AU JEU...

Tsaaf
はっ
MH, ÇA RESSEMBLE BIEN À HIMURA...
UN GRAND CLASSIQUE...
CE CHALLENGE CONSISTE À RAPPORTER CE QUI EST LE PLUS CHER À HAKUÔ KANZAWA !
VOTRE ZONE DE RECHERCHE DOIT SE LIMITER À L'ÉCOLE.
QUAND VOUS L'AUREZ TROUVÉ, APPORTEZ-LE AU POINT D'ARRIVÉE.
C'EST HAKUÔ QUI VOUS DÉPARTAGERA SELON CE QUE VOUS AUREZ RAPPORTÉ.
JE LE DEMANDE POUR ÊTRE SÛR MAIS...
EST-CE QUE HIMURA EST INCLUSE DANS CE QU'ON PEUT RAMENER ?
JE ME POSAIS JUSTEMENT LA MÊME QUESTION...
QU'EST-CE QUE LE NOM DE HIMURA VIENT FAIRE LÀ-DEDANS ?
HEIN ?
PSSH PSSH
C'EST CLAIR !
HAKUÔ EST QUAND MÊME SON MAJORDOME ATTITRÉ...
EFFECTIVEMENT...
AH OUI !
RAMENER UNE PERSONNE N'EST PAS AUTORISÉ !
ÉVIDEMMENT...
ALORS, SI C'EST ÇA...

TU L'AS AVEC TOI...
HEIN, IORI ?
Tchop
ÉVIDEM-MENT.
IL SEM-BLERAIT QU'ILS AIENT TOUS DEUX CHOISI DE RAPPORTER LA MÊME MONTRE !
MAIS C'EST IORI QUI LA TIENT POUR L'INSTANT !
Blah
Blah
TU SAIS QUE L'ENDURANCE EST À MON AVANTAGE...
ALORS...
DÉSOLÉ, MAIS JE TE LA PRENDS !
Zaaf
ET TU PENSES QUE JE VAIS TE LAISSER FAIRE ÇA ?
Tsoof

IORI...
EST TOUJOURS EN PASSE DE GAGNER !
AH !
Tchop
LEQUEL DES DEUX REMPORTERA CETTE VICTOIRE ?
HAYATO PARVIENDRA-T-IL À REPASSER DEVANT ET À LUI PRENDRE LA MONTRE ?
...
JE COMMENCE À FATIGUER...
TU ES À BOUT DE SOUFFLE.
ET SI TU TE REPOSAIS UN PEU ?
TU RIGOLES !
JE NE PEUX PAS ME PERMETTRE DE PERDRE CONTRE TOI, HAYATO...
TU LE SAIS, NON ?
OUI...
JE ME SOUVIENS...

AUTREFOIS...
QUAND ON ÉTAIT QUE TOUS LES DEUX, ON FAISAIT TOUT LE TEMPS CE GENRE DE TRUCS...
C'EST MOI LE MEILLEUR !
NON, C'EST MOI !
OK, ALORS FAISONS UN CONCOURS POUR LE SAVOIR !
J'ALLAIS TE LE PROPOSER !
VOYONS LEQUEL DE NOUS COURT LE PLUS VITE !
PRÊT...
PARTEZ !
DAAASH
C'EST VRAI...
TU FEINS LE SENTIMENTALISME, MAINTENANT ?
TSOOF

ひょいっ
TCHOP
AAH ?!
ZWIP
ELLE EST LÀ !
LA BOTTE SECRÈTE, T'AS OUBLIÉ ?
MINCE... RATÉ...
C'EST POURTANT TOI QUI ME L'AS MONTRÉE...
TU SAIS, HAYATO...
IL Y A BIEN D'AUTRES CHOSES QUE TU M'AS ENSEIGNÉES PENDANT TOUT CE TEMPS...
ET JE T'EN SUIS INFINIMENT RECONNAISSANT...
JE T'ASSURE.
...
IORI...

CHTOONG
Daaassh
MH... TA CAPACITÉ D'APPRENTISSAGE EST DÉFINITIVEMENT NULLE...
HAYATO !
QU'EST-CE QUE TU AS BIEN PU M'APPRENDRE EN FAIT ?
Fiix
RAAAAAH ! TOI !
QU'EST-CE QU'ILS FABRIQUENT ?
TSS...
ILS Y METTENT TANT D'ARDEUR...
MMH...
LEQUEL EST DEVANT ?
OH !
OH ! LES VOILÀ !
TOUS LES DEUX !
OUI...
ON DIRAIT QUE C'EST IORI !

わあ
Waaah
PLUS VITE, HAYATO, ALLEZ !
ILS SE SUIVENT DE PRÈS !
WAH !
ENCOURA-GEONS-LES !
GLUPS
QUOI ?!
ATTENDS, HIMURA !
TU N'ES PAS AU MICRO ?
BIEN, REPRE-NONS !
VAS-Y, IORI !
NOUS VOYONS MAIN-TENANT DE NOS PROPRES YEUX OÙ EN SONT NOS PARTICIPANTS !
PAS LE CHOIX...
C'EST ICI QUE ÇA SE TERMINE !
Daassh
C'EST LE SPRINT FINAL ?
LA MONTRE EST TOU-JOURS DANS LES MAINS D'IORI...
PEUT-ÊTRE HAYATO A-T-IL PRÉVU DE LUI REPRENDRE LA MONTRE JUSTE AVANT L'ARRIVÉE... QUAND IL AURA REPRIS SON SOUFFLE.
AU STADE OÙ ON EN EST...

LA TENUE N'A PLUS TELLEMENT D'IMPORTANCE, N'EST-CE PAS ?
KRAAAK
...!
...!
Blah
AH !
Blah
LA MONTRE...
HEIN ?!
POK

NOO-OON!
Daassh
TATATAP
AAH!
Tchop

TSSS...
QUE... ?!
...
Fritch
Boom
Tchak
TA TAP
HAKUÔ ?!
IORI ? HAYATO ?
C'ÉTAIT... DANGE-REUX...
TU AURAIS PU...
ÊTRE BLESSÉ !
TAISEZ-VOUS !
Joof

C'EST MOI QUI DEVRAIS VOUS DIRE ÇA !
...
VOUS NE COMPRENEZ PAS ?
Tchop
QUEL QUE SOIT CELUI QUI M'AURAIT APPORTÉ CETTE MONTRE, ÇA N'AURAIT RIEN RÉSOLU !
« TOUS LES DEUX ! »
VOILÀ CE QUE VOUS M'AVIEZ PROMIS ! SOUVENEZ-VOUS !
Vlam
TaTap TaTap
HAKUÔ...

ばたー TaTap
ばたー TaTap
ON LES A ENTENDUS PARLER D'UNE TENTATIVE D'ENLÈVEMENT AVORTÉE...
TU N'AS RIEN ? TU N'ES PAS BLESSÉ ?
NE VOUS INQUIÉTEZ PAS...
C'EST MOI...
QUI SUIS HEUREUX QU'IL NE VOUS SOIT RIEN ARRIVÉ !
MAIS QU'EST-CE QUE TU RACONTES, HAKUÔ ?!
C'EST POUR TE PROTÉGER QU'ON EST LÀ !
VOUS NE COMPRENEZ PAS ?
JE NE SUPPORTERAI PAS...
QUE QUOI QUE CE SOIT VOUS ARRIVE À L'UN OU À L'AUTRE !
...
...
C'EST QUAND ON FAIT FACE À L'ADVERSITÉ ENSEMBLE QU'ON EST LES PLUS FORTS...
ET QU'ON LA SURMONTE.

TOUS LES DEUX, ON DEVIENDRA LES PLUS FORTS DU MONDE POUR POUVOIR FAIRE FACE À TOUT...
OUI...
ON TE PROTÉGERA ENSEMBLE.
ON TE LE PROMET, HAKUÔ...
HAYATO ...
GRAVE CETTE PROMESSE-LÀ DESSUS.
TU ES SÛR ? C'EST TON BIEN LE PLUS PRÉCIEUX...
...
LES PLUS FORTS...
DU MONDE ?
FAIRE FACE À TOUT... ? EST-CE SEULEMENT POSSIBLE ?!
MH ?
COMME ÇA, ON NE L'OUBLIERA PAS !
C'EST VRAI !
KYAAH KYAAH
REGARDE, HAKUÔ !
C'EST UN SERMENT GRAVÉ MAIN-TENANT...
Promesse
TADAAM
TU N'AS PLUS À T'INQUIÉTER.

...
MH...
IORI N'OUBLIERA SANS DOUTE PAS, MAIS HAYATO, C'EST UNE AUTRE HISTOIRE...
NE T'EN FAIS PAS, JE LA REGARDE-RAI TOUS LES JOURS POUR M'EN SOUVENIR TOUJOURS...
ET S'IL OUBLIE DE LE FAIRE, JE LE LUI RAPPELLERAI.
...
ET POURQUOI J'OUBLIERAI LE PREMIER ?
VOUS N'OUBLIE-REZ PAS, HEIN ?
PARCE QUE VOUS AVEZ PROMIS...
NON !
BIEN SÛR QUE NON.
OK...
ALORS, ÇA ME VA...
D'APRÈS CE QUE JE CONSTATE...
VOUS AVEZ TOUS LES DEUX ALLÈGRE-MENT OU-BLIÉ CETTE HISTOIRE !
GRRRRRR
MAIS NON, JE T'AS-SURE...
MAIS QUAND LES GENS S'ENFLAMMENT POUR NOUS, C'EST... EUH...
....

Tsoof
TSS...
SOUVENEZ-VOUS...
...!
« TOUS LES DEUX, ON DEVIENDRA LES PLUS FORTS DU MONDE !
POUR POUVOIR FAIRE FACE À TOUT. »
Promesse
SI VOUS Y CROYEZ VRAIMENT...
ARRÊTEZ VOS BÊTISES.
ZIIK
PARCE QUE S'IL VOUS ARRIVAIT QUOI QUE CE SOIT...
J'EN SERAIS TRÈS EMBÊTÉ...
MARMONNE

...
...
Tsoof
Promesse
D'ACCORD.
Smile
Blah
...
LE TRIO S'EST REFORMÉ,
OOH..
Blah
Blah
AAAH, IORI ET HAYATO SONT FORMIDABLES QUAND ILS SONT ENSEMBLE, VOUS NE TROUVEZ PAS ?
OH OUI !
EN PLUS...
HAYA
Blah

KYAAAY きゃ
VOUS AVEZ VU, HAKUÔ...
IL Y A UNE MINUTE ?
IORI
HAYATO
KYAAH きゃあ
OUI !
ÇA N'A DURÉ QU'UN INSTANT, MAIS ON A BIEN SENTI LA PROFONDE AMITIÉ QU'IL A POUR EUX.
EUH...
IL A EU UN DE CES REGARDS !
MH ?
IL MÉRITE BIEN L'AFFECTION DE SES AMIS...
BON, PUISQUE VOUS VOUS ÊTES RÉCONCILIÉ...
ON PEUT DIRE QUE C'EST UNE RÉUSSITE, HEIN, HAKUÔ ?
...
NON, C'EST UN ÉCHEC !
HEIN ?
Tourn
PARCE QUE CE QUI M'EST LE PLUS PRÉCIEUX AU MONDE, N'EST PAS UN OBJET...

MAIS VU LES RES-TRICTIONS IMPOSÉES...
ÇA NE POUVAIT EN AUCUN CAS ÊTRE UN SUCCÈS.
...
Tchop
ÇA VEUT DONC DIRE QUE CE QUI T'EST LE PLUS CHER AU MONDE EST UNE PERSONNE...
SOIS CLAIR SI TU VEUX QU'ON TE COMPRENNE !
RÉFLÉ-CHISSEZ DONC VOUS-MÊMES !
FROT
FROT
EN FAIT, TU ES TRÈS TIMIDE, HEIN HAKUÔ ?
...
C'EST CLAIR ! TU DEVRAIS DIRE VRAIMENT CE QUE TU PENSES...
TRAIIINE
AH !
AÏE !
VOUS ÊTES LOUUU-UURDS !
ARRÊTEZ DE DEMANDER CE QUE VOUS SAVEZ DÉJÀ !
AH LÀ LÀ...
C'EST PAS UNE PAIRE MAIS UN TRIO DE JOYEUX DRILLES...
ENFIN...
...

MH ?
C'EST L'HEURE DE LA REMISE DES PRIX...
LA RÉCOMPENSE EST : « UNE JOURNÉE COMPLÈTE AVEC HAKUÔ ! »
...
Tchop
ÇA SE TERMINE DEMAIN APRÈS LES COURS.
ET ÇA SERAIT BIEN SI VOUS LA PASSIEZ TOUS LES TROIS !
OOh...
BIEN JOUÉ, HIMURA !
C'EST UNE BELLE SORTIE !
TRAÎÎÎNE
HÉÉÉÉ ! HIMURA !
ON N'AVAIT PAS PARLÉ DE ÇA !
TU NE PEUX PAS TOUT DÉCIDER À TA CONVENANCE !
Smile
JE FILE AVEC KAORUKO !
SI, QUAND C'EST POUR LA BONNE CAUSE.
OUI...
C'EST POUR LA BONNE CAUSE...
ÇA FAIT COMBIEN D'ANNÉES QU'ON EST ENSEMBLE ?
MAIS ÇA SUFFIT, ENFIN !
À PLUS, HAKUÔ !
HIMURA !
ALLEZ, C'EST HIMURA QUI L'A DIT.
C'EST UNE BELLE RÉCOMPENSE...

CHAPITRE 7 / FIN

Préparation d'un repas pour Hakuô

CHAPITRE 8
Lady and Butler

C'EST QUAND ON PENSE À CEUX QUI SONT LOIN DE NOUS...
AAAH, CE QUE ÇA SENT BON !
ON VA SE RÉGALER !
OUI, C'EST VRAI.
QU'ON PREND CONSCIENCE DE CERTAINES CHOSES.

TU CROIS QU'ON PEUT LES MANGER COMME ÇA ?
BIEN SÛR !
ON PEUT METTRE UN PEU DE LEUR ZESTE DANS UN THÉ ?
OH !
HAKUÔ !
TU TOMBES BIEN !
HIMURA !
D'OÙ TU SORS TOUT ÇA ?
CE SONT DES ORANGES ?
CE SONT MES GRANDS-PARENTS QUI ME LES ONT ENVOYÉES !
Chtok
TU AS UN PEU DE TEMPS ?
TU VEUX VENIR LES MANGER AVEC NOUS ?
IL Y EN A ENCORE PLEIN D'AUTRES !

ZOOF
OOh !
AAH ?!
PAPI... MAMIE...
EST-CE QUE VOUS ALLEZ BIEN ?
PARCE QUE MOI, JE VAIS TRÈS BIEN.
COMME VOUS POUVEZ LE VOIR...
Tsom
COMME JE NE POUVAIS PAS FINIR TOUTES CES ORANGES TOUTE SEULE...
JE LES AI PARTAGÉES AVEC MES AMIS.

DONC, TU AS GLISSÉ DANS LES ESCALIERS...
NON... J'AI TRÉBUCHÉ...
ME RATTRAPER ÉTAIT UN CAS DE FORCE MAJEURE...
CE QUI S'EST PASSÉ...
Tchop
DÉSOLÉÉÉÉE !
...
TU PORTAIS UN SACRÉ POIDS...
LA FOIS D'AVANT, C'ÉTAIT 10 KG DE RIZ, NON ?
ET CELLE D'AVANT DES BOÎTES DE CONSERVE...
HAHAHA ! ON A PU FAIRE MANGER TOUT L'INTERNAT AVEC...
WAOUH ! QUEL STYLE !
NATURELLEMENT...
LEUR GOÛT NE DOIT PAS FAIRE OUBLIER LA VALEUR DE L'ENVOI...
PARCE QUE ÇA A UNE GRANDE VALEUR...
N'EST-CE PAS ?
ざわ Blah
ざわ Blah
RYÔ...

Blah Blah
C'EST ABSOLUMENT DÉLICIEUX ! ♡
REMERCIE VRAIMENT TES GRANDS-PARENTS DE NOTRE PART !
BIEN SÛR ! MERCI !
ÇA AURAIT FAIT TROP POUR MOI.
ILS M'ONT ENVOYÉ LE PREMIER COLIS...
POUR QUE JE NE SOIS PAS ISOLÉE À L'ACADÉMIE...
Crock
VIVRE LOIN D'EUX...
N'A FAIT QUE RENFORCER LA RECONNAISSANCE QUE JE LEUR PORTE.
MERCI PAPI, MERCI MAMIE...
MAIS QUAND MÊME, TOUS CES ENVOIS...
J'ESPÈRE QUE ÇA NE VOUS COÛTE PAS TROP CHER...
OH...
TU CROIS QU'ILS SERAIENT HEUREUX SI JE JOIGNAIS DES PETITS CADEAUX À LA LETTRE DE REMERCIEMENTS ?
OUI. C'EST UNE BONNE IDÉE...
OKAY !
DEMAIN, J'IRAI FAIRE UN PEU DE SHOPPING !
QU'EST-CE QUE JE POURRAIS LEUR TROUVER ?

MH ?
TU AS L'INTENTION D'Y ALLER SEULE ?
HEIN ?
BEN OUI...
MH ?
TU N'ENVISAGES MÊME PAS DE ME DEMANDER DE T'ACCOMPAGNER ?!
POUR T'AIDER À PORTER LES SACS PAR EXEMPLE !
MH...
QUOI ? MAIS... TU ES SI OCCUPÉ, HAKUÔ !
JE DEVRAIS POUVOIR M'EN SORTIR TOUTE SEULE...
ÇA N'EST PAS UN PROBLÈME...
PAS LA PEINE D'ÊTRE AUTANT SUR LA RÉSERVE !
...
ÇA FAIT PARTIE DE MES DEVOIRS.
C'EST NORMAL.
...
BON...
OK...
PUIS-QU'IL IN-SISTE...
WAOUH ! ♡

TADAAM
HAHAHAHA
Kyaan
COOL ! ON VA T'AIDER BIEN SÛR !
VOYONS COMMENT ON VA TE MAQUILLER...
C'EST QUAND MÊME UN RENCARD ALORS, IL FAUT QUELQUE CHOSE QUI EN JETTE...
QUE PENSES-TU DE ÇA ?
TU PRÉFÈRES ÇA ?
Zïif
UN RENCARD ?!
MAIS PAS DU TOUT ! ON DOIT JUSTE FAIRE QUELQUES COURSES !
TIRR
TIRR
ET POUR TES CHEVEUX, ON FAIT QUOI ? J'APPELLE LE COIFFEUR !
MAIS OUI, MAIS OUI...
MAIS ARRÊTE ! JE N'AI PAS LE TEMPS POUR ÇA !
ON DOIT SE RETROUVER TÔT !
AH, CETTE KAORUKO...
TaTaTap
A dû se changer
MOI QUI PENSAIS QUE JE POURRAIS SORTIR AVEC MES FRINGUES HABITUELLES...
RAAAH
POURQUOI TOUT LE MONDE S'EST MONTRÉ AUSSI ENTHOUSIASTE...
Fringues imposées

Ta Tap
Ta Tap
C'EST LA PREMIÈRE FOIS QUE JE PORTE CE GENRE DE VÊTEMENTS...
FLIP
JE N'ARRIVE PAS À DÉSTRES-SER...
HÉÉ !
MH ?
HAKUÔ !
TU CROYAIS POUVOIR PARTIR SEULE ?
ON DEVAIT SE RETROUVER ICI...
ZIEUT
ZIEUT
WAHOU !
TOI AUSSI, TU AS CHANGÉ DE TENUE !
MÊME EN TENUE DÉCONTRAC-TÉE, TU ES IMPECCABLE.
JE PEUX EN DIRE AUTANT DE TOI.
CE QUE TU PORTES TE VA TRÈS BIEN...
HEIN ?
C'EST VRAI ?

RELÈVE JUSTE LA TÊTE POUR REGARDER DEVANT TOI QUAND TU MARCHES.
ÇA SERA BEAUCOUP MIEUX.
ALLEZ, ON Y VA.
...
IL N'EST PAS COMME D'HABITUDE...
OKAY !
MERCI HAKUÔ !
MAIS C'EST BIEN QUAND MÊME...
がたん
ごとん
Blah
Blah

MA RENCONTRE AVEC DES MAJORDOMES !

Entre le chapitre 5 et le chapitre 6, je suis allée dans un café chic où je savais que je trouverais des maîtres d'hôtel. Je voulais recueillir des infos pour mon manga. Je me suis fait accueillir à coups de « soyez la bienvenue Mademoiselle ».

Je me suis longtemps demandé ce que j'allais porter.

Une fois à l'intérieur, j'avais les yeux partout... J'étais très excitée.

J'ai parlé avec eux !

C'ÉTAIT SUPER !

PFFF
CE SERAIT MARRANT...
TROIS PAIRES...
TU DIS ÇA PARCE QU'IL NE S'AGIT PAS DE TOI.
HA HA HA
C'EST DOMMAGE...
QU'ILS AIENT EU DES TAS DE CHOSES À FAIRE ET N'AIENT PAS PU VENIR.
Fiix
Fiix
Fiix
Fiix
MH ? JE DÉRANGE ?
PIIK
...
PIIK
À MOINS QUE J'AIE QUELQUE CHOSE DANS LE DOS ?
Tourn
UN TRUC QUE JE NE VOIS PAS OU QUE JE NE PEUX PAS ATTRAPER ?
QU'EST-CE QUE TU AS ?
...
HEIN ?
REKUL
REKUL
EUH...
... ?
Repli stratégique

Pssh
IL EST BEAU, HEIN ?
OUI, C'EST CE QUE JE ME DISAIS...
...
J'AURAIS DÛ ME DOUTER...
Fiix
Fiix
QUE HAKUÔ CAPTERAIT TOUS LES REGARDS...
MÊME EN DEHORS DE L'ÉCOLE, IL FOCALISE L'ATTENTION SUR LUI.
QUOI ?
ZIEUT
ZIEUT
HEIN ?
QUOI... ?!
EUH...
TU SAIS QUE TOUT LE MONDE TE REGARDE ET TE TROUVE BEAU ?
C'EST GÉNIAL !
...
PAS FRANCHEMENT...
LE PROBLÈME N'EST PAS D'ÊTRE BEAU OU PAS...

ÎL EST TROP BEAU !
ET SÎ NATUREL, EN PLUS...
Fiix
Fiix
Fiix
NON, LE PROBLÈME N'EST VRAÎMENT PAS LÀ...
BEAU EST UN MOT QUI NE QUALIFIE QUE MON APPARENCE PHYSIQUE...
ET POUR MOI, ÇA N'A VRAIMENT AUCUNE IMPORTANCE.
JE PENSAIS QUE TOUT LE MONDE APPRÉCIAIT LES COMPLI-MENTS...
BEN, VISIBLEMENT, NON...
...
ÇA LUI RES-SEMBLE BIEN...
LE TRAIN ENTRE EN GARE !
FAITES ATTENTION À LA MARCHE...
EN SORTANT DU WA-GON.
ON DESCEND.
HEIN ?
AH OUI.

VIENS.
TSOOM
MERCI.
MÊME À L'EXTÉRIEUR DE L'ÉCOLE, IL SE COMPORTE COMME ÇA ?
JE CROIS...
TA TAP
QUE ÇA VA ÊTRE INTÉRESSANT DE DÉCOUVRIR D'AUTRES CHOSES...
BOM
TSOK
... !
AAAH... ?!

Tchop
...
Pfwosh
AAAAH... SAUVÉE IN EXTREMIS...
HIMURA ?
ÇA VA ?
Oh !
HEIN ? AAH...
JE SUIS DÉSOLÉE !
C'EST PAS GRAVE. TU N'AS RIEN FAIT DE MAL...
POUR-QUOI ?
MMH...
Smile
TU ES PLUS LOURDE QUE JE NE LE PENSAIS...

...
Hein ?!
C'EST PAS POSSIBLE !
KBOM
JE N'ARRÊTE PAS DE FAIRE DES EFFORTS, J'AI MÊME SUPPRIMÉ LE GOÛTER !
JE PLAISANTAIS.
ALLONS-Y.
...
HEIN ? TU PLAISANTAIS ?
...
PFFF...
EN TOUT CAS, TOI...
TU AS LES MAINS PLUS GRANDES QUE JE NE L'IMAGINAIS...
WAAAH !
QU'EST-CE QUE ÇA SENT BON !
DOUGHNUTS
DOUGHNUTS & COFFEE

OH, C'EST UNE BOUTIQUE DE DONUTS !
ON EN TROUVE AU JAPON DEPUIS QUELQUE TEMPS, IL PARAÎT QUE C'EST SUPER BON !
MMH...
C'EST POUR ÇA QUE TU TE METS DANS DES ÉTATS PAREILS ?
HÉ, ATTENDS UN PEU, TU NE VIENS PAS DE DIRE QUE TU AVAIS RÉDUIT LES SUCRERIES ?
ON VA EN MANGER UN, DIS ?
Tchop
GROMPF
...
BEN... JE NE MANGERAI QUE ÇA DE SUCRÉ AUJOURD'HUI, ALORS !
Serr
EN PLUS...
TU DOIS AIMER ÇA AUSSI, NON ?
VU QUE C'EST SUCRÉ...
MAIS...
ON ARRIVE À PEINE...
POK
REGARDE !
IL Y EN A PLEIN DE DIFFÉRENTS ! ÇA A L'AIR BON !
POK
...
Odeur sucrée
...
OK, MAIS...
SI ÇA NE TE DÉRANGE PAS...
QUOI ?

JE PRÉFÈRE NE PAS MANGER ENTRE LES REPAS...
JE VEUX BIEN TE LAISSER MANGER QUELQUE CHOSE...
MAIS SI TU POUVAIS AU MOINS ATTENDRE QU'ON AIT FINI NOS ACHATS, ÇA SERAIT MIEUX, NON ?
MÊME SI JE NE SUIS PAS DU GENRE À ME LAISSER TENTER FACILEMENT.
...
Gloups
HEIN ?
AAAH...
VU TA TÊTE ET VU CE QUE TU DIS...
HA HA HA
JE CROIS QUE JE VAIS PATIENTER UN MOMENT...
C'EST BEL ET BIEN...
LE HAKUÔ...
QUE JE CONNAIS !
TU PEUX Y ALLER TOUTE SEULE, TU SAIS.
JE SAIS.
OH LÀ LÀ...

JE NE SAIS PAS LEQUEL CHOISIR...
ILS SONT TOUS LES DEUX SUPER JOLIS, ÇA N'AIDE PAS...
VRAI-MENT... ?
C'EST JOLI, ÇA ?
MMH...
JE DEVRAIS PEUT-ÊTRE ACHETER LES DEUX...
SAUF QUE MON BUDGET NE ME LE PERMET PAS.
OK, ALORS JE VAIS CHOI-SIR.
Fliip
JE PRENDS CELUI-CI !
JE REPOSE L'AUTRE...
...
BON, ON CHERCHE QUELQUE CHOSE POUR MON GRAND-PÈRE, MAINTE-NANT !
DEUX
MH...
QU'EST-CE QU'ON POURRAIT LUI TROUVER ?

CERTES...
IL RISQUE D'ÊTRE DÉÇU SI JE LUI CHOISIS QUELQUE CHOSE QUI A MOINS DE VALEUR QUE CE QUE J'AI TROUVÉ POUR MA GRAND-MÈRE...
ひょいっ
Tsop
QUE PENSES-TU DE CECI ?
OOH ! UN ÉVENTAIL !
CE SERAIT PAS MAL...
ON VA EN TROUVER UN BEAU !
MERCI DE M'AIDER.
ÇA N'EST PAS TOUJOURS FACILE DE TROUVER UN CADEAU POUR UN HOMME.
CELUI-CI SEMBLE BIEN, NON ?
MADEMOISELLE ?
QUE DIRIEZ-VOUS D'UN SUPERBE YUKATA* ?
NOUS AVONS DE NOMBREUX MODÈLES, VOUS SAVEZ !
EUH, NON, JE NE VEUX PAS DE YUKATA...
PARDON...
CES MOTIFS VOUS IRAIENT POURTANT TRÈS BIEN, MADEMOISELLE.
MAIS, JE VOUS DIS QUE...
...
Grompf

* KIMONO D'ÉTÉ.

CELUI-CI LUI IRAIT BIEN MIEUX.
HEIN ?
Tourn
Fiix
ELLE EST TOUTE MENUE, DES PETITS MOTIFS SERAIENT BIEN PLUS APPROPRIÉS SUR ELLE QUE DES MOTIFS LARGES.
... OUI... OUI...
QUE... ?
HAKUÔ... ?
Tchop
JE N'AI PAS BESOIN DE YUKATA, TU SAIS...
VIENS, ALLONS VOIR PLUS LOIN.
MAIS QU'EST-CE QUI TE PREND ?!
...
CE VENDEUR EST BIEN TROP FAMILIER AVEC SES CLIENTS.
...
QUOI ?
TROP FAMILIER... ?
ÇA SUFFIT, ON S'EN VA.
PASSE EN CAISSE.

PARDON MAIS...
VOUS ÊTES BIEN M. HAKUÔ KANZAWA, N'EST-CE PAS ?
...
J'EN ÉTAIS SÛRE.
VOILÀ BIEN LONGTEMPS QU'ON NE VOUS A PAS VU !
BON-JOUR.
NOUS COMPTONS LES MEMBRES DE VOTRE FAMILLE PARMI NOS CLIENTS PRIVILÉGIÉS...
C'EST BIEN AIMABLE À VOUS D'AVOIR PRIS LA PEINE DE VENIR JUSQU'AU MAGASIN AUJOUR-D'HUI...
...
MAIS VOUS AURIEZ PU NOUS TÉLÉ-PHONER ET NOUS SERIONS VENUS.
LES VENDEURS SE DÉPLA-CENT CHEZ EUX ?
FOR-CÉMENT, C'EST UNE FAMILLE RICHE...
JE PRÉFÈRE DE LOIN VENIR ICI...
NE VOUS DÉRANGEZ PAS.
HIMURA, TU VIENS ?
BONJOUR, MADEMOI-SELLE, VOUS ÊTES SA COMPAGNE ?
Smile
EUH... OUI...

ALORS, C'EST INUTILE DE PAYER MAINTENANT...
PARDON ?
PUISQUE VOUS ÊTES LA COMPAGNE DE M. KAN-ZAWA...
VOUS BÉNÉFICIEZ DU CRÉDIT DE LA FAMILLE DANS CETTE MAISON.
JE VOUS EN PRIE...
...
...
MAIS...
NON MERCI...
MADAME...
JE PRÉFÈRE PAYER MOI-MÊME TOUT DE SUITE CE QUE J'ACHÈTE.
MAIS JE VOUS REMERCIE...
DE VOTRE GENTILLE ATTEN-TION...

VOUS VOULEZ BIEN M'EMBALLER CECI, S'IL VOUS PLAÎT ?
BIEN SÛR, MADEMOISELLE.
...
YEEES !
J'AI RÉUSSI À TOUT TROUVER, JE SUIS TRÈS CONTENTE !
TU ES SÛRE ?
PARCE QUE J'AI BIEN VU QUE TU FAISAIS ATTENTION AUX PRIX...
AH, TU AS REMARQUÉ ?
DIS-MOI...
TU N'AIMES PAS ÊTRE TRAITÉ DIFFÉREMMENT PARCE QUE TU T'APPELLES KANZAWA, HEIN ?
NON.
EH BIEN, MOI, J'AVAIS ENVIE DE PAYER CES CADEAUX MOI-MÊME...
...
C'EST IMPORTANT POUR LUI !

Frot
BEN... QU'EST-CE QU'IL Y A ?
ALLEZ, POUR TE RENVOYER L'ASCENSEUR...
ON VA ALLER MANGER TES DONUTS !
... !
SÉRIEUX ?!
MAIS UN SEUL, D'ACCORD ?
TU AS FAIM, J'IMAGINE ?
YOU-PIIIII !
NE COURS PAS, TU RISQUES ENCORE DE TOMBER !
J'Y COURS !
C'EST PAS JUSTE !
HAKUÔ ET HIMURA SONT EN TRAIN DE S'AMUSER DIEU SAIT OÙ...
ET NOUS, ON EST BLOQUÉS ICI POUR LA JOURNÉE AVEC NOS DEVOIRS !
GRRR

ぱーん
RAAAH
J'AURAIS VOULU ALLER ME PROMENER AVEC EUX, MOI..
ぽこぽこ
POK POK
にこにこ
Smile
ÇA SUFFIT, HAYATO !
...
TU ME FRAPPES, IORI...
....
ざわ
Blah
ざわ
Blah
IL Y A PLUS DE PLANTES QUE DE GENS ICI...
ÇA DONNE UNE AMBIANCE SYMPA !
HA HA HA !
C'EST VRAI.
WAHOU !
C'EST DIMANCHE, C'EST BONDÉ...
C'EST TRÈS DIFFÉRENT DE CE QU'ON TROUVE AUTOUR DE L'ÉCOLE...
...
Fiix
Fiix
Fiix
Fiix
OH...

TU T'ASSIEDS ?
AH... TOUT LE MONDE REGARDE ENCORE HAKUÔ...
MERCI HAKUÔ...
POZ
C'EST QUI, CETTE FILLE ?
PSSH
ELLE A UN GARDE DU CORPS ?
PSSH
TA TAP
...
PSSH
PSSH
HEIN ?
TA TAP
MAIS ON ME REGARDE AUSSI ?!
ON EST EN DEHORS DE L'ÉCOLE...
PSSH
PSSH
ET LES REGARDS SE FOCALISENT ENCORE PLUS SUR LUI QUE D'HABITUDE, À CAUSE DE MOI...
J'AI PEUR DE DEVOIR M'Y HABITUER...
PIIK
PIIK
MH ?

Très professionnel
Tu veux du thé au lait ?
M... merci.
Il est chaud, il faut attendre qu'il refroidisse un peu...
...
Je prends le sucre pour que tu n'en rajoutes pas.
Fiix Fiix
Oui, elle est un peu trop dorlotée, là...
Il en fait beaucoup...
Euh... Hakuô...
Tu pourrais arrêter de te comporter comme ça, aujourd'hui, s'il te plaît...
On n'est pas à l'école...
Tu sais...
Ça n'est ni une question de lieu ni une question de moment...
Serr
Me dévouer tout entier à toi...
Peu importe où et quand, tant que tu es présente...

TEL EST LE SERMENT...
QUE J'AI PRÊTÉ.
...
RAAAH
Pssh
Pssh
Pssh
QU'EST-CE QU'IL FAIT ? C'EST UNE DEMANDE OFFICIELLE ?
MAIS CE SONT DES LYCÉENS, N'EST-CE PAS ?
ENFIN... C'EST CE QUI ME SEMBLE...
À MOINS QU'ON TOURNE UN FILM ? OÙ SONT LES CAMÉRAS ?
AAAH
QUEL QUIPROQUO !
...
KLOT
EUH... JE SAIS !
TIENS, MANGE TON DONUTS !
...
JE SAIS BIEN...
QU'IL EST TOUT LE TEMPS COMME ÇA MAIS...
ZIEUT
QU'EST-CE QUI TE PREND TOUT À COUP ?
ZIEUT
C'EST PAS TRÈS NORMAL QUAND ON EST EN DEHORS DE L'ÉCOLE !

BWOOF
MERCI, C'ÉTAIT TRÈS BON !
JE VEUX SORTIR D'ICI RAPIDEMENT !
HEIN ?
ATTENDS, HIMURA !
Frot
TU AS DU SUCRE, LÀ.
Tsoof
...
GAAH
QUE... ?
OH
HEIN ?
ON RENTRE ?
KRIII
Fiix
Fiix
WAH !
C'EST UN PRINCE ET UNE PRINCESSE ?
EUH... JEUUH...
ÇA VA ALLER !
TSOOF

HÉÉ !
HIMURA !
JE SAIS BIEN...
QU'ON EST EN DEHORS DE L'ÉCOLE...
TA TAP TA TAP
MAIS...
CE GENRE D'ATTENTIONS ME GÊNENT...
ÇA ME MET MAL À L'AISE...
MH ?
Tourn
Ta Ta Tap
...
AH !
POURTANT, JE NE VOULAIS PAS RÉAGIR COMME ÇA...
HAKUÔ...
JE SUIS DÉS...

...
HAKUÔ... ?
EST-CE QUE... ?
IL EST PARTI ?!
TaTaTap
HAKUÔ ?
TU ES OÙ ?
DOUGHNUTS & COFFEE
AAAH...
IL N'EST PLUS LÀ...

PONG
QUE FAIRE ?
IL DOIT ÊTRE EN COLÈRE...
... HAKUÔ...
TSOOF
MADE-MOISELLE... ?
HEIN ?
VOUS AVEZ UN PETIT MOMENT ?
ALLEZ, BABY, NE SOIS PAS SI TIMIDE...
HEIN ? NOON !
JE SUIS PAS LÀ POUR...
TU VEUX PAS QU'ON DISCUTE UN PEU ?
HEIN ?

TIIRR
TIIRR
TU VEUX ALLER BOIRE UN COUP ?
JUSTE UN PETIT COUP...
HEIN ? MAIS NON, JE...
TChop
TU NE VOIS PAS QUE TU L'ENNUIES ?
MH ?
ÇA SUFFIT !

Joof
VIENS.
OUI...
AAH...
HAKUÔ...
J'ÉTAIS INQUIET POUR TOI.
J'AVAIS PEUR QU'IL T'ARRIVE QUELQUE CHOSE...
ET PUIS...
JE ME DEMANDAIS SI J'AVAIS FAIT QUELQUE CHOSE QUI T'AVAIT DÉPLU...
ET SI C'ÉTAIT POUR ÇA QUE TU VOULAIS RENTRER SEULE...
OH...

J'AURAIS DÛ M'EN DOUTER…
HEIN ?
HÉÉ !
J'ÉTAIS VRAIMENT INQUIET !
…
C'EST… C'EST PAS ÇA…
P… PARDON…
C'EST JUSTE QU'EN TE VOYANT…
TOUTE MA TENSION EST RETOMBÉE D'UN COUP.
C'ÉTAIT BÊTE…
POURQUOI J'AI EU HONTE COMME ÇA ?
JE TE DEMANDE PARDON.
…
TSS…
ALLEZ, DONNE-MOI LA MAIN, ÇA T'ÉVITERA DE CHANCELER.

ET TIENS-LA BIEN, D'ACCORD ?
ALLEZ !
...
D'AC-CORD !
COMMENT...
AI-JE PU ÊTRE GÊNÉE À CE POINT-LÀ ?
ALORS QUE...

Serr
SA CHALEUR ME RASSURE...
BIEN PLUS...
QUE JE NE L'AURAIS IMAGINÉ...
...
HIMURA...
TU VEUX QU'ON S'AMUSE ENCORE UN MOMENT AVANT DE RENTRER ?
HEIN ?
Fiix
C'EST PAS GRAVE SI TU NE VEUX PAS, TU SAIS...
OH !
MAIS BIEN SÛR QUE JE VEUX !

C'EST CLAIR...
JE PENSAIS JUSTEMENT LA MÊME CHOSE !
OKAY !
MAIS TU NE ME LÂCHES PAS, HEIN ?
NAAAN !
JE RESSENS UN RÉEL PLAISIR À ÊTRE À SES CÔTÉS...
BAH...
CECI DIT, TU POURRAIS TE PERDRE DES CENTAINES DE FOIS QUE JE TE RETROUVERAIS TOUT LE TEMPS.
MAIS ÇA N'ARRIVERA PAS !
D'AILLEURS, LA PROCHAINE FOIS, C'EST MOI QUI TE RETROUVERAI LA PREMIÈRE.
AH BON ?
OUI...
TU VEUX QU'ON ESSAYE ?
NON, C'EST PAS LA PEINE.
QUI AURAIT ENVIE DE SE PERDRE VOLONTAIREMENT ?
« Papi, Mamie...

Merci beaucoup pour vos délicieuses oranges.
Tout le monde vous remercie d'ailleurs...
COUCOU !
ALORS ? C'ÉTAIT COMMENT, CE RENCARD ?
JE T'AI DÉJÀ DIT QUE CE N'ÉTAIT PAS UN RENCARD !
pour en avoir profité autant que moi.
En retour...
je vous envoie un petit cadeau à chacun.
En retour je vous envoie un petit cadeau à chacun. Je les ai choisis
Je les ai choisis...
avec un ami.
...
avec un ami
un copain
avec un ami
un élève
un camarade
un garçon de la classe
des majordomes

WAAAAH
TIENS...
C'EST BIZARRE...
QUAND ON PREND CONSCIENCE
DE CERTAINES CHOSES...
MMH...
J'AI TROUVÉ...
TaTaTap
BONJOUR, HAKUÔ !
MERCI POUR HIER.
J'AI PASSÉ UN BON MOMENT EN FAISANT DU SHOPPING AVEC TOI !

MH...
TANT MIEUX.
MOI AUSSI, J'AI PASSÉ UN BON MOMENT.
...
C'ÉTAIT SI BIEN QUE ÇA ?
FIIIX
ALORS QUE NOUS, ON CROULAIT SOUS LE TRAVAIL !
JE VOUS ENVIE !
ALLONS-Y ENSEMBLE LA PROCHAINE FOIS, D'AC-CORD ?
CE SERA ENCORE PLUS AMUSANT, N'EST-CE PAS HIMURA ?
HEIN ?
HORS DE QUESTION !
ARRÊTEZ DE VOUS SERVIR D'ELLE, COMPRIS ?

POURQUOI T'ES SI DUR AVEC NOUS, HAKUÔ... ?
...
PARCE QUE VOUS M'EMBÊTEZ...
QUAND VOUS ÊTES LÀ...
...
ALLEZ... ON POURRAIT TRÈS BIEN SORTIR UN PEU TOUS ENSEMBLE...
TU NE CROIS PAS... ?
J'AI DIT NON ! LAISSE TOMBER...
VIENS.
Serr
En retour je vous envoie...
ON S'EN VA.
un petit cadeau à chacun...

Je les ai choisis avec quelqu'un d'important pour moi...
qui est toujours à mes côtés.
QU'EST-CE QUE T'AS ?
RIEN.
CETTE CHALEUR...
JE LA RESSENS...
MÊME QUAND ON EST SÉPARÉS.
Quelqu'un d'important pour moi qui est toujours à mes côtés...
CHAPITRE 8 - FIN

KYAAH
RÉSERVÉ
LAISSE MOI VOIR !!
KYAAH
ALORS ?
ROOH, ILS SONT MIGNONS...
J'AI L'IMPRESSION D'ÊTRE OBSERVÉE...!!
Dans le train

WAOUH !
MMH... ÇA FAIT SÉVÈRE...
PAGES BONUS
POUR KAORUKO....
QUE JE DESSINE TOUT LE TEMPS COMME ÇA DEPUIS QUELQUE TEMPS...
JE NE VOIS PAS TRÈS BIEN MAIS...
ON NE S'EST PAS DÉJÀ CROISÉS ?

GUIDE DE L'ACADÉMIE SÔSEIKAN

LES UNIFORMES DES CLASSES L ET B

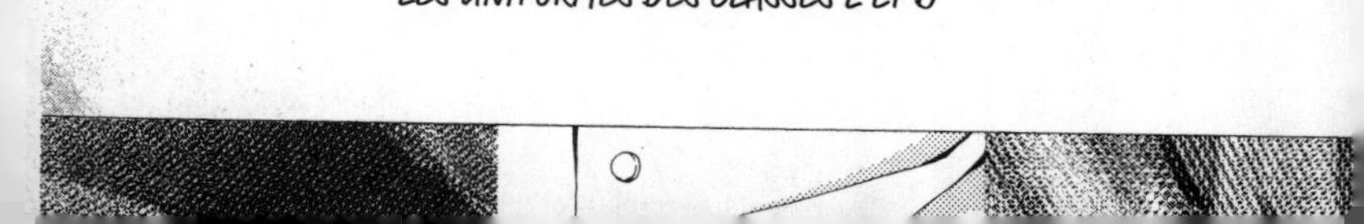

■ UNIFORME - CLASSE L ■

On m'a parfois demandé s'il n'y avait que des filles en classe L. Mais c'est une école mixte, donc il y a aussi des garçons. Si vous regardez bien, vous en verrez qui marchent ici ou là en arrière plan.

Leur uniforme est blanc, comme celui des filles et, mis à part le gilet, il est l'exact contraire de l'uniforme des classes B.

Ceci dit, j'avoue qu'il m'arrive parfois d'oublier de dessiner les liserés noirs. Je le sais pourtant très bien, mais je m'emmêle parfois un peu. C'est peut-être bien parce que je ne les dessine pas souvent...

Quand je les dessine sans leur veste, j'oublie parfois qu'ils doivent avoir une chemise noire...

Ou alors je leur fais un pantalon noir... Ça m'arrive régulièrement... Ça donne un uniforme inattendu et c'est embarrassant...

Veste, pantalon et cravate blanches.

Chemise noire avec liserés blancs à l'extrémité du col.

Gilet gris foncé sans col.

Veste courte avec liseré noir sur le revers du col et des manches.

SUR LA CRAVATE

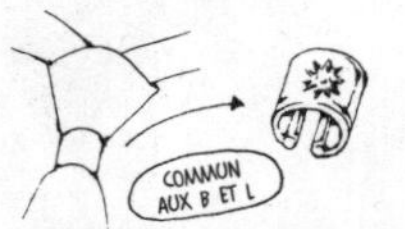

Cette pince argentée (ornée du logo de l'école) sert à fixer la cravate. Il m'est arrivé de l'oublier.

Pantalon et cravate noirs.

Chemise blanche avec deux liserés noirs aux extrémités du col.

Gilet gris foncé avec col.

Veste longue avec liseré blanc sur le revers du col et des manches.

■ UNIFORME - CLASSE B ■

Quand on pense aux majordomes, on pense forcément au costume queue-de-pie. Mais est-ce qu'un queue-de-pie pouvait passer comme uniforme scolaire... ?

J'ai préféré opter pour une veste longue de type redingote et un gilet. Ils ont un dress code à respecter, une cravate et un gilet, ça fait déjà beaucoup.

Je ne voulais pas que ça fasse trop cérémonieux non plus ! Parce qu'après tout, ça reste un uniforme scolaire. C'est pour ça que j'ai choisi les pièces que je vous présente.

En été, les classes B restent habillés de cette façon et n'ont pas le droit d'enlever leur veste. Elle n'est pas très épaisse mais quand il fait chaud, il fait chaud !

Ces élèves doivent le supporter en laissant penser que ça leur est indifférent.

POSTFACE

Alors ?

Comment avez-vous trouvé ce 2e volume qui met en scène la vie scolaire des majordomes ?

Cette fois-ci, il y avait beaucoup de scènes qui se passaient en dehors de l'école. À chaque fois que j'en dessinais une, je me disais « Mh... Que ferait un majordome dans cette situation ? » Et je retournais les situations dans ma tête...

Je ne sais pas combien de variations j'ai faites ! Mais, en fait, je me suis rendu compte que je m'amusais beaucoup en le faisant et que j'aimais dessiner ce manga.

J'espère que de votre côté, vous vous êtes amusés en le lisant !

Je remercie de tout cœur ceux qui m'ont lue :

Mes assistants, Tsuyama, ma famille qui me soutient et tous ceux qui me soutiennent dans mon travail !
Merci à tous !
Merci d'être là pour moi jour après jour et pour la force que vous m'insufflez !

- Subaru Akino
- Haruka Yusa
- Pochi Takahashi
- Nana Ginna
- Kato
- Senri Toya
- Tamami Sato
- Mitsubachi Miyuki
- Okuhara

Merci !

Vos lettres sont les bienvenues* !

Rei Izawa et Fuyu Tsuyama
Vous comprenez bien qu'on ne peut pas répondre à toutes vos lettres mais on les lit toutes !

* Uniquement valable pour les lecteurs japonais.

Titre original japonais :
SHITSUJISAMA NO OKINIIRI, VOL. 2

Story construction : Fuyu Tsuyama

First published in Japan in 2007
by Hakusensha, Inc., Tokyo
French language translation rights in France
arranged with Hakusensha, Inc., Tokyo
through Tohan Corporation, Tokyo

French translation rights : Pika Édition
Traduction et adaptation : Anne Mallevay
Création de charte graphique : Gérard Nicolas

ISBN : 978-2-8116-0437-0
Dépôt légal : mars 2011
Imprimé en Italie par L.E.G.O. S.p.A. Lavis TN
Diffusion : Hachette Livre

ATTENTION !

Ceci est la dernière page du
deuxième volume de LADY AND BUTLER.
Pour lire le début de ce volume,
il faut retourner le livre.

Une petite explication vous donnera
le mode d'emploi du sens de lecture,
fidèle à l'original, de droite à gauche.